광주패밀리

공주 패밀리

양호문 장편소설

특별한서재

차례

바람처럼 사라진

장마철이라 그런지 며칠째 우중충한 날씨였다. 오늘도 세은이는 기분이 좋지 않았다. 먹구름이 잔뜩 낀 하늘처럼 마음이 무겁고 우울했다. 엄마 때문이었다. 엄마는 달라져 있었다. 얼굴 표정은 물론 눈빛과 말투, 심지어 목소리까지도 바뀌었다. 예전의 엄마는 늘 웃음기를 띤 얼굴에 부드러운 눈빛과 상냥한 말투로 대해줬었다. 그런데 불과 며칠 만에 180도로 바뀐 것이었다. 완전히 딴 사람으로 변해서 도무지 엄마 같지가 않았다. 아무리 살펴봐도 엄마가 아니었다.

2주일 전 이사를 왔던 날에도 엄마는 평상시와 별로 다름이 없었다. 눈가에 그늘이 희미하게 지고 이따금 짧은 한숨을 내뿜기는 했으나 크게 눈에 띄는 변화는 보이지 않았다. 사정이 갑자기 이렇게 됐으니 어떡하니? 마음에 안 들더라도 참고 살아야지! 너희한테는 참 많이 미안하구나! 오히려 그런 말로 위로를 해줬었다. 그런데 며칠 전부터 얼굴이 굳어지고 목소리에 짜증기가 섞이더니 오늘은 완전히 변해버렸다.

"내 말 알아들었어?"

엄마의 물음에 세은이는 대답하지 않았다. 그냥 입술을 깨물고 묵묵히 앉아 있었다.

"알아들었냐고?"

엄마가 앙칼진 목소리로 재차 물었다. 그러고는 매섭게 쏘아봤다. 엄마의 싸늘한 눈빛에 세은이는 고개를 한 번 끄덕였다. 그런 다음 자신도 모르게 시선을 돌렸다. 엄마와 차마 눈길을 마주칠 수가 없어서였다. 동생 예은이가 방문 뒤에서 얼굴만 삐죽이 내민 채 지켜보고 있었다. 동생의 여우같은 짓에 세은이는 입술을 아메바처럼 일그러뜨려 씰룩였다.

"나를 똑바로 보고 분명하게 대답해!"

호통 소리에 깜짝 놀란 세은이는 반사적으로 시선을 되돌렸다. 엄마의 눈빛이 시퍼렇게 불타고 있었다. 눈동자 속에 파란 서리가 내린 듯 따스함이 전혀 없었다. 섬뜩했다.

"어서!"

"아, 알았어!"

"그걸 꼭 엄마가 시켜야 하는 거야? 응? 초등학생도 아니고, 중학교 1학년이면 스스로 알아서 해야지. 그게 정상적인 거야. 내일부터는 네가 다 알아서 해! 이제 엄마는 그런 것까지 신경

쓸 여력이 없어. 알아들었지?"

말끝마다 내세우는 중학생이라는 소리에 세은이는 뭐라 대답할 말이 떠오르지 않아 그냥 잠자코 있었다. 그러자 엄마가 팔을 쭉 뻗어 손가락으로 방문을 가리켰다. 엄마의 그 동작을 보고 세은이는 인상을 잔뜩 찡그렸다.

"이제 나가! 엄마 피곤해서 일찍 자야 돼."

화장대 앞에서 아랫목으로 자리를 옮긴 엄마는 어젯밤부터 그대로 깔려 있는 이불 위로 쓰러져 눈을 감았다. 큰대자로 누워 숨을 몰아쉬고 있는 엄마. 피로 때문에 심하게 일그러진 얼굴이 보기 흉했다. 전에는 한 번도 목격하지 못했던 모습이었다. 사춘기 소녀도 아닌데 근래 들어 신경질을 자주 부리고 짜증이 심해진 엄마였다. 아빠와 결혼을 한 이후로 직장에 다녀본 적이 없다는 엄마. 그런 엄마가 일을 하느라 피곤하기 때문이라고 조금은 이해가 되었다. 하지만 충분한 설명도 않고 느닷없이 쌀쌀맞게 대하는 엄마가 많이 서운했다.

세은이는 불편한 마음을 안고 자기 방으로 건너갔다. 크기가 코딱지만 한 방. 전에 살던 서른여덟 평 아파트의 방에 비하면 반 이상이나 줄어든 것이었다. 그런데다 가구와 짐들을 빼곡히 들여놓아 지저분한 창고나 매한가지였다. 여유 공간이 거의 없어 침대에서 창문까지 겨우 두 걸음에 불과했다. 답답해서 숨이 막혔다. 정리하려니 엄두가 나지 않았다. 아예 정리 자체가 불가능할 것 같았다. 우선 아무렇게나 쌓아두고 살면서

차차 정리하자! 그렇게 말했던 걸 보면, 엄마는 애초부터 이삿
짐을 정리할 생각이 없었다. 전에 살던 아파트에서는 유별나게
깔끔을 떨던 엄마였다.

　창문이라도 활짝 열어놓으면 답답함이 조금 덜할 텐데 창문
틀이 뒤틀려 제대로 열리지도 않았다. 게다가 유리창에 때가
잔뜩 끼어 회색 페인트를 칠해놓은 것과 마찬가지였다. 열지
않는 한 밖을 거의 볼 수 없었다. 밖의 물체가 그림자처럼 희미
하게 보일 뿐이었다. 짐이 층층이 쌓여 있기는 안방이나 베란
다도 똑같았다. 안방에는 엄마가 쓰던 침대를 들여놓지 못해
베란다에 처박아 두어야 했다. 안방, 주방, 작은방, 베란다, 모
두 이삿짐이 꽉꽉 들어차 아파트가 미어터지기 일보 직전이었
다. 이사 올 때 짐을 꽤 많이 버렸는데도 그랬다.

　"에이! 짜증!"

　세은이는 침대에 벌렁 누웠다. 엄마처럼 팔다리를 벌려 큰
대자로 누웠다. 그러자마자 흐릿한 형광등 불빛이 눈으로 쏟아
져 내렸다. 천장에 걸린 형광등 갓에는 거미줄이 빼곡히 엉키
고 아래로도 축축 늘어져 아마존 정글이 따로 없었다. 자다가
독거미라도 내려와 목을 물까 봐 이사 오고 얼마 동안은 잠도
제대로 자지 못했다. 낮에도 하루 종일 곤충도감에서 본 독거
미 타란툴라가 떠올라 소름이 돋았었다.

　"그 많고 많은 아파트 중에 하필 왜 이런 거지 같은 아파트
로 이사를 온 거야?"

지난 1월부터 세은이는 엄마 아빠 사이가 심상치 않음을 눈치챘었다. 둘 다 심각한 표정이었고 안방에서 종종 말다툼하는 소리가 새어나오곤 했었다. 그러더니 지난달 중순에 아빠는 갑자기 사라지고, 얼마 후 엄마는 느닷없이 기존 아파트를 팔았다며 서둘러 이사를 했었다. 번갯불에 콩 구워 먹기였다. 변두리의 열다섯 평짜리 낡은 저층 아파트로 철거가 예정된 곳이었다. 손바닥만 한 넓이라 거실도 없고 지은 지 삼십 년이 넘어 대낮에도 귀신이 나올 것 같았다.

아빠 사업이 잘 안돼서 이렇게 되었어! 아빠는 이 년쯤 있다가 돌아올 거야, 돈 많이 벌어서. 엄마도 이제 하루 종일 일을 해서 돈을 벌 거고. 그러면 다시 넓은 아파트를 사서 이사 갈 수 있어. 그러니까 불편하고 힘들더라도 우리는 여기서 이 년을 참고 살아야 해! 알았지? 알았다고 고개를 끄덕거렸으나 불안했다. 2주일이 지나도 낡고 비좁은 아파트에 적응이 되지 않았다. 마른하늘에 날벼락 같은 이사였기에 세은이는 아직도 정신이 얼떨떨했다. 도무지 현실 같지가 않고 마치 악몽을 꾸고 있는 기분이었다.

"아무리 그래도 그렇지! 얼굴도 한 번 안 보고 그렇게 훌쩍 가버리는 게 어딨어?"

누가 잡으러 오기라도 하는지 아빠는 온다 간다 말 한마디 없이 바람처럼 사라져버렸다. 대체 왜 그래야 했는지 자세한 내막을 알 수가 없었다. 생각할수록 화가 치솟았다.

"정말 미운 아빠야!"

세은이는 혼잣말로 불평을 늘어놓으며 잠을 청해보았다. 그러나 잠은 오지 않고 두 눈은 더욱 말똥거리기만 했다. 올빼미 눈보다도 더 똥그래졌다.

"이 년 만에 돈을 많이 벌어 와서 다시 큰 아파트를 산다고? 그 아파트가 한두 푼 하는 게 아닐 텐데?"

아빠가 대단한 마술사라면 몰라도, 대체 사우디가 어떤 곳이기에 이 년 만에 큰 아파트를 살 돈을 벌 수 있다는 건지. 믿어지지가 않았다.

"만약 아빠가 이 년 만에 그만한 돈을 못 벌면 이혼을 하겠다는 건가? 나한테도 드디어 올 것이 온 거야?"

그럴지도 모른다는 생각이 들었다.

같은 반 친구들 중에 엄마 아빠가 이혼을 한 몇몇 아이가 떠올랐다. 늘 어두운 표정에 웃음이 적었던 그 아이들. 초등학교 6학년 때도, 5학년 때도, 4학년 때도 같은 반에 부모가 이혼한 아이가 서너 명씩은 꼭 있었다.

"마음이 자꾸 불안하고 초조해! 앞으로 더 나쁜 일이 생길 것 같아."

불길한 예감에 세은이의 이마 주름이 깊게 파였다. 불길한 예감은 구십 퍼센트 이상 적중한다는 말을 어디선가 들었던 기억이 났다.

세은이는 불안감을 한숨으로 달래며 얼마간 형광등만 바라봤다. 그러자 어느 순간 하품이 나오고 눈이 스르르 감겼다. 그때, 방문이 살며시 열리더니 동생 예은이가 들어오는 기척이 났다. 동생이 도둑고양이처럼 살금살금 침대 옆으로 다가왔다. 감겼던 눈이 도로 번쩍 뜨였다. 동생과 시선이 딱 마주쳤다. 동생이 히죽이 웃었다. 그러나 세은이는 두 눈을 부라렸다. 어서 나가라고 시퍼런 눈빛을 내뿜었다.

"언니! 아직 열한 시도 안 됐는데 벌써 자려고?"

"몰라!"

"그러면 누워서 뭘 생각하는 거야?"

"몰라!"

인상을 잔뜩 구기고서 퉁명스레 대답하는데도 동생은 자꾸 물었다. 엄마가 잠이 들어 말 상대가 없는 데다, 엄마가 깰까 봐 텔레비전도 볼 수 없으니 꽤나 심심한가 보았다.

"어제처럼 또 형광등이랑 눈싸움 할 거야?"

"몰라!"

"몰라? 그러면 언니가 아는 게 뭐야?"

"몰라! 나가!"

세은이는 엄마가 자기한테 그랬던 것처럼 동생한테 소리를 꽥 질렀다. 그래도 예은이는 나가지 않고 침대 옆에 서서 초파리 모양 알짱거렸다. 귀찮고 성가시기가 초파리보다 더했다. 정말이지 보기 싫은 동생이었다.

"언니, 불 안 끄고 자면 전기요금 많이 나온다고 엄마한테 또 혼날걸! 내가 꺼줘? 응?"

"너, 안 나가?"

홑이불을 걷어치우며 벌떡 일어났다. 그와 동시에 예은이를 거칠게 떠밀어 강제로 방 밖으로 내보낸 후 문을 아예 잠가버렸다. 동생이 밖에서 문을 두드렸으나 들은 체도 하지 않았다.

바람에 심하게 흔들리는 창문 소리에 세은이는 눈을 떴다. 몇 시간은 족히 잔 것 같았다. 그런데 형광등은 그대로 켜진 채였고 덮고 있던 홑이불은 벗겨져 방바닥에 떨어져 있었다. 그리고 한 가지가 아주 이상했다. 고개를 몇 차례 갸웃거리다가 누운 자세 그대로 눈동자만 천천히 360도를 굴려서 방 안을 훑어보았다.

"이게 대체 어떻게 된 거지?"

도저히 이해되지 않는 상황이었다. 귀신이 곡할 노릇이었다.

완전 거꾸로 된 자세였다. 몸이 180도 돌아가서 머리가 다리로, 다리가 머리로 가 있었다. 분명히 머리를 책상 쪽에 두고 다리를 방문 쪽으로 뻗고 잠이 들었었다. 분명 그랬는데, 누가 번쩍 안아서 돌려 눕힌 것처럼 머리와 다리의 위치가 뒤바뀐 것이었다.

"허! 이거 내가 시곗바늘도 아니고 왜 빙 돌아간 거야? 엄마가 그랬나?"

방문을 잠갔으니까 엄마가 그랬을 리는 없었다. 원래 잘 때는

다리를 방문 쪽으로 뻗고 잤었다. 게다가 침대가 놓인 자체가 그렇게 눕도록 되어 있었다. 더욱이 형광등 불이 그대로 켜져 있는 걸 보면 엄마는 분명 아니었다.

"그렇다면?"

결론은 하나였다. 잠결에 화장실에 갔다가 돌아와서 반대 방향으로 누운 것이 틀림없었다. 저번 아파트의 방이랑 침대 위치가 반대라 착각을 한 게 확실했다. 그렇지 않으면 달리 설명할 방법이 없었다.

"맞아! 내가 착각을 해서 반대로 누운 거야."

한잠 더 자고 난 세은이는 침대에서 방바닥으로 내려섰다. 밖에는 바람이 점점 세게 부는지 창문이 덜컹거리는 소리가 더욱 높아졌다. 누가 일부러 잡아 흔들기라도 하는 듯 귀에 몹시 거슬렸다. 하긴 워낙 낡은 아파트라 낮이나 밤이나 별별 희한한 소리가 다 들렸다.

"으아함!"

기지개를 한 번 오지게 켜고서 방문을 열었다. 주방 창문 틈으로 서늘한 바람이 들어와 가슴을 밀쳤다. 얼른 다가가 창문부터 닫고 싱크대를 살폈다. 양쪽 수조에 식칼, 숟가락, 젓가락, 그릇 등이 지저분하게 엉켜 있었다. 거기에 깎다가 그만둔 감자, 양파, 고추, 마늘도 수북했다. 그리고 가스레인지에는 압력밥솥과 스테인리스 냄비가 올려져 있었다. 뚜껑을 열어보니 쌀만 씻어 안쳐놓은 상태였고 찌개도 준비만 해놓고 끓이지는 않은 것이었다.

"이건 뭐야?"

조리대 상부 수납장 문짝에 엄마가 쓴 메모 쪽지가 눈에 띄었다. '엄마 늦어서 그냥 가니까 밥부터 하고 찌개 끓여서 먹어! 가스 불 조심하고. 예은이 점심 저녁도 잘 챙겨주고. 설거지 꼭 해놓고!' 엄마는 또 늦잠을 자고 일어나 급하게 출근한 모양이었다. 일터가 멀어 보통 아침 일곱 시에 나갔다가 밤 열 시가 되어서야 돌아왔다. 영등포역 건너편 골목에 있는 점포에서 일을 한다는데, 애들은 몰라도 된다며 정확히 무슨 일을 하는지는 말해주지 않았다. 아무튼 시흥시 하중동에서 서울시 영등포역까지 가려면, 버스를 타고 일단 안양역까지 나간 다음, 거기서 다시 전철로 이동해야 한다는 말이었다.

"예은이 점심 저녁도 챙겨주라고? 치! 엄마는 자나 깨나 예은이 생각뿐이야."

세은이는 뚱한 표정으로 가스레인지에 불을 켜고서 안방 문을 열었다.

동생 예은이는 아직도 한밤중이었다. 누에고치처럼 홑이불을 둘둘 말고서 입을 헤벌린 채 세상모르고 자고 있었다. 자면서 무엇을 먹는 꿈을 꾸는지, 음냐! 음냐! 쩝! 쩝! 입맛을 다시며 침까지 질질 흘렸다. 세은이는 잠자는 동생 모습을 불만스레 내려다보다가 발로 툭툭 찼다.

"야! 일어나. 일어나!"

동생이 눈을 게슴츠레 뜨고서 올려다보았다. 잠에 취해 병 들린 강아지의 눈과 똑같았다. 방학하기 전 하굣길에 문구점 옆 전봇대에서 병든 강아지를 본 적이 있었다. 주인은 어디로 갔는지 양지쪽에 홀로 앉아 눈을 반쯤 감고 꾸벅꾸벅 조는 모습이 시선을 끌었었다.

"일어나라고."

약간 세게 두어 번을 더 찼다. 그러자 동생이 눈을 찢어져라 흘기며 시퍼런 빛을 내뿜었다.

"싫어! 더 잘 거야."

"안 돼! 벌써 아홉 시 이십 분이야. 빨리 일어나!"

"싫다니까."

소리를 꽥 질러 신경질을 부린 예은이가 홑이불을 더욱 둘둘 말았다. 누에고치처럼 단단히 몸을 감싸는 걸 보니 쉽게 일어날 것 같지가 않았다. 이집트 미라라도 되고 싶은 모양이었다.

"좋아! 그러면 밥 다 될 때까지만 더 자!"

세은이는 아랫목 벽에 기대앉아서 리모컨으로 텔레비전을 켰다. 화면이 열리고 사람들의 모습이 보였다. 가족들이 식탁에 둘러 앉아 밥을 먹으면서 무슨 문제로 말다툼을 하는 아침 연속극이었다. 결혼에 찬성한다, 반대한다, 침을 튀기면서 서로 손가락질까지 해댔다. 채널을 이리저리 돌렸다.

"어, 저거!"

한 채널에서 여름방학특선으로 어린이 인기 만화영화가 방영

되고 있었다. 재작년 초등학교 5학년 겨울방학 때 엄마와 예은 이랑 함께 시내 극장에 가서 본 것이었다.

세은이는 자신도 모르게 만화영화에 빠져들었다. 이미 본 것인데도 시선이 저절로 텔레비전 화면에 들러붙어 떨어지지 않았다. 이따금 예은이가 몸을 꿈틀거리면서 쩝쩝대는 소리를 내곤 했으나 알아채지 못했다. 모든 신경이 오로지 만화영화에 만 집중되어 다른 것은 전혀 느낄 수가 없었다.

"맞아! 저 장면 기억난다. 와-! 멋지다, 짱 멋져!"

높은 산 정상, 만년설이 쌓여 있는 눈벌판에서 주인공이 노 래를 부르면서 마술을 부리는 장면이었다. 손을 가볍게 앞으로 내뻗자마자 주위 사물들이 순식간에 얼음으로 변했다. 그 장면 에 감탄을 한 세은이는 자기도 모든 것을 얼음으로 만들고 싶 은 욕망이 솟구쳤다. 주변 사람들은 물론 세상 모든 것이 다 싫 었다.

"어디 나도 한번 해볼까? 변해라! 얼음으로 변해라! 모두 얼 음으로."

세은이는 텔레비전을 향해, 장롱을 향해, 심지어 동생을 향해 서도 손을 뻗고 주문을 외웠다. 하지만 아무것도 얼음으로 변 하지 않았다. 모두 그대로였다.

"그렇지 뭐! 세상에 마술이 어딨어? 다 꾸며낸 이야기지. 칫!"

실망을 달래고 다시 만화영화에 집중했다.

그렇게 이십여 분이 흘렀을 때,

"언니, 뭐야?"

갑자기 예은이가 벌떡 일어남과 동시에 고함을 질렀다. 세은이는 너무 놀라 앉은 자세 그대로 펄쩍 뛰어 올랐다가 뚝 떨어졌다. 간이 다 덜렁거렸다.

"깜짝 놀랐잖아? 왜 갑자기 벌떡 일어나서 소리를 질러? 좀비처럼!"

"밥 타는 냄새!"

예은이가 몸에 둘렀던 홑이불을 빙빙 돌려 풀면서 개처럼 킁킁거렸다.

"으응?"

세은이는 반사적으로 튕겨 일어나 번개보다 빠르게 주방으로 달려갔다. 주방 천장에 검은 연기가 가득하고 밥 타는 냄새가 콧구멍을 쑤셨다. 즉시 가스 불부터 끈 다음 압력 밥솥 꼭지를 젖혀 압축공기를 뺐다. 공기 빠지는 소리가, 쒜엑! 쒜엑! 초음속 전투기 소리처럼 귀청을 때려댔다. 이번에는 찌개냄비 뚜껑을 열었다.

"아이고!"

속에 남아 있던 검은 연기가 뭉글뭉글 먹구름처럼 피어올랐다. 국물은 이미 다 졸아 없어지고 건더기는 숯 덩어리로 변해 개떡처럼 눌어붙은 상태였다.

눈앞이 캄캄했다. 콧구멍에서 폭풍 같은 한숨이 연이어 터져 나왔다. 만화영화에 빠져 밥도 태우고 찌개도 태운 것이었다. 큰일이었다.

"에그! 에그! 중학교 1학년이 밥도 제대로 못하고. 쯧쯧! 언니, 이제 어떡할 거야?"

언제 다가왔는지 예은이가 뒤에서 혀를 끌끌 찼다. 게다가 엄마처럼 중학교 1학년을 들먹였다. 세은이는 고개를 돌려 동생을 매섭게 쏘아봤다. 금세 두 눈이 시큰했으나 깜박이지도 않았다.

"밥을 태워놓고 왜 그런 눈빛으로 째려봐? 나 지금 배 많이 고프단 말이야."

그 말에 세은이는 양쪽 눈을 허옇게 뒤집어 까고 어금니를 악물었다. 그러나 예은이는 조금도 물러서지 않았다. 오히려 엄마가 써서 붙여놓은 메모 쪽지를 천연덕스럽게 읽었다. 엄마 목소리를 그대로 흉내 내면서.

"가스 불 조심하고! 예은이 점심 저녁도 잘 챙겨주고! 설거지 꼭 해놓고!"

머리끄덩이를 잡아 서너 차례 흔들고 싶은 마음이 굴뚝같았다. 하지만 그랬다가는 또 엄마한테 심한 꾸지람을 들을 테니 참아야 했다. 참자! 한 번만 더 참자! 그 말을 속으로 외우며 입술을 깨물었다.

"방에 들어가 있어! 챙겨줄 테니까."

"빨리 챙겨줘! 배고파 죽겠어!"

예은이가 투덜투덜 안방으로 들어가자 세은이는 서둘러 밥상을 차리기 시작했다.

우선 조금 덜 탄 밥을 긁어모아 겨우 한 공기를 채우고 그걸 반으로 나눠 두 그릇을 만들었다. 그러고 나서 냉장고를 열어 배추김치, 콩자반, 멸치볶음, 어묵무침을 꺼내 조그마한 상에 올렸다. 이어 숟가락과 젓가락을 놓자마자 밥상을 들고 안방으로 들어갔다. 예은이가 텔레비전을 보던 시선을 돌려 밥상을 쭉 훑었다. 입술을 병아리처럼 뾰족하게 내밀고 삐죽거리는 걸로 보아 상차림이 마음에 안 든다는 표정이었다. 그 모습에 화가 난 세은이가 퉁명스레 한마디 했다.

"삐죽거리지 말고 얼른 먹어!"

그러자 예은이가 찡그린 얼굴로 밥을 한 숟가락 떠 입에 넣더니 얼른 도로 뱉었다.

"우웩! 이걸 어떻게 먹어? 탔잖아?"

"조금 탔는데 왜 못 먹어?"

"그럼 언니가 다 먹어! 난 탄 밥은 못 먹어. 내가 돼지야?"
예은이가 밥공기를 앞으로 툭 밀었다. 세은이는 여봐란 듯이 밥을 크게 한 술 떠서 입안에 깊숙이 넣었다. 예은이가 두 눈을 똥그랗게 뜨고서 동물원 원숭이 보듯 살폈다. '이그! 저 얄미운 것!' 속말을 하면서 혀를 약간 움직였다.

맛이 쓰고 냄새가 심해 얼굴이 고물냄비처럼 찡그러졌다. 태연한 척하려고 애를 썼지만 소용없었다.

"거 봐! 못 먹겠지?"

정말 도저히 먹을 수가 없었다. 결국 세은이도 입안에 넣은 밥을 도로 뱉어내고 말았다.

"언니, 나 배고파!"

"그래서 어떡하라고?"

"라면이라도 끓여줘야지!"

예은이가 신경질을 부리자 세은이는 밥상을 들고 주방으로 나갔다. 창문 밖에는 여전히 바람이 거세게 불고 있었다. 그러다 마침내, 후드득! 후드득! 비가 쏟아지기 시작했다.

급하게 라면을 끓여 다시 안방으로 가지고 가자, 이번에는 반찬이 없다고 투덜거렸다.

"반찬이 없잖아?"

"반찬이 왜 없어? 김치도 있고, 콩자반도 있고, 멸치볶음도 있고, 많은데!"

"내가 제일 싫어하는 것들이야!"

"얻어먹는 주제에 반찬타령은……. 먹든지 말든지 니 맘대로 해!"

소리를 버럭 질렀더니, 예은이가 얼굴을 잔뜩 구긴 채 젓가락을 들고 라면을 께적거렸다. 이래저래 보기 싫은 동생이었다. 아예 낳지를 말든지, 차라리 나를 동생으로 낳아줄 것이지! 언니로 태어나게 해준 엄마 아빠가 원망스러웠다.

마구 쏟아져라!

라면, 또 라면, 또또 라면. 오늘은 아침, 점심, 저녁, 삼시 세 끼 모두 라면을 먹었다. 그 때문에 싱크대 수조 속에는 설거지거리가 산더미처럼 쌓였다. 그것도 전부 라면 기름이 덕지덕지 묻은 것들이었다. 엄마가 돌아오기 전에 설거지를 하긴 해야 할 텐데. 예전에는 엄마를 돕는 차원에서 가뭄에 콩 나듯 했었지만 전적으로 하기는 싫었다. 어젯밤에 엄마가 매서운 눈빛으로 쏘아보며 '내일부터는 네가 다 알아서 해!'라고 명령하던 광경이 떠올랐다. 벽시계를 보았다. 밤 아홉 시가 다 되어 있었다.

"아이 씨, 저 설거지! 십 분만 더 있다가 하자."

세은이는 침대에 판다곰처럼 누워 이리 뒹굴 저리 뒹굴 하면서 십 분이 흐르기를 기다렸다. 심심했다. 그리고 답답했다.

비가 내려서 집밖으로 나가지도 못하고. 비가 안 온다 해도 동네가 낯설고 마음에 들지도 않아 밖에 나가기는 싫었다. 혹시 학교 친구들이라도 만나면 낡고 비좁은 구닥다리 아파트에 산다는 사실이 몹시 창피할 것 같았다. 전에는 크고 좋은 아파트에 산다고 애들이 다 부러워했었는데! 그 생각을 하니 어깨에 힘이 쪽 빠지며 한숨이 연거푸 터져 나왔다.

"아, 짜증 나!"

이사 온 이후로 하루 온종일 비좁고 냄새나는 소형 아파트에서 시간을 보내느라 좀이 쑤셨다. 더욱이 시도 때도 없이 깐죽거리는 예은이와 함께 있는 건 고역 중에서도 가장 큰 고역이었다. 학원도 끊고, 휴대폰도 끊고, 집 전화마저도 끊고. 컴퓨터라도 있으면 덜할 텐데. 컴퓨터는 어느 박스에 틀어박혀 있는지 찾을 수가 없었다. 설령 찾는다 해도 엄마가 인터넷 연결을 시켜주지 않을 게 뻔했다. 이제부터는 십 원짜리 동전 한 개라도 아껴야 해! 아주 지독한 자린고비가 되어야 한다고. 이사 오던 날 엄마가 여러 번 그렇게 말했었다. 정말 거지가 된 기분이었다.

"집이 아니라 감옥이야, 감옥! 여름방학이 어서 끝나서 학교에나 갔으면!"

사라 때문에 솔직히 학교생활도 그다지 즐겁지는 않았다. 하지만 그래도 집보다는 조금 나을 것 같았다. 그러나 개학을 하려면 아직도 열흘이나 남아 있었다. 세은이는 짜증을 달래려

고 노트를 찢어 종이접기를 했다. 초등학교 5학년 때 종이접기
교실에서 배운 것이었다. 종이를 접어 아무거나 만들다보면 마
음이 조금은 가라앉곤 했었다.

비행기를 반쯤 접었을까.

"아하하하!"

안방에서 예은이의 방정스런 웃음소리가 크게 들려왔다. 텔레
비전 재방송프로인 개그 코너를 보는 모양이었다.

"저 바퀴벌레 같은 계집애!"

오늘도 텔레비전 채널을 놓고 예은이랑 네 번이나 다투었
다. 예은이가 말도 안 되는 억지를 부리며 생떼를 쓰는 바람에
네 번 다 물러나야만 했다. 언니를 언니로 대접하지 않고 자기
멋대로인 예은이가 너무너무 미웠다.

"엄마가 예은이를 낳지 않았다면 짱 좋았을 텐데! 다른 집들
은 대개 아이가 하나씩이던데 왜 둘을 낳은 거야? 쩝!"

무정한 시간은 어느새 아홉 시 십 분을 지나서 십육 분이나
되었다. 아빠를 생각하며 종이비행기를 세 개나 접었으나 기분
이 그다지 나아지지 않았다. 세은이는 억지로 일어나서 주방으
로 나갔다. 설거지 거리를 보자마자 이맛살이 접히고 한숨부터
터져 나왔다. 그러나 하지 않을 수는 없었다. 하기는 싫은데도
하지 않을 수가 없는 일. 언니라는 이유 하나만으로 울며 겨자
먹기로 해야 하는 일. 짜증이 나서 머리가 터질 지경이었다.

안방 문을 확 열어젖혔다.

"예은아, 언니 설거지하는 거 좀 도와줘!"

점잖게 부탁을 했으나 예은이는 들은 체도 하지 않았다. 시선을 텔레비전 화면에 박아놓은 채 낄낄거리기만 했다. 허파에 바람이 들어갔는지 웃음을 좀체 그치지 않았다. 방으로 들어가서 예은이의 눈길을 가로막고 섰다. 그제야 예은이가 웃음을 뚝 그치고 도깨비 인상을 썼다.

"저리 비켜! 안 보이잖아?"

"나 설거지하는 거 도와달라고."

"싫어!"

예은이가 고개를 절레절레 흔들었다.

"싫어? 그럼 저 많은 걸 나 혼자 다 해?"

"응! 언니가 다 해! 엄마가 그랬잖아? 밥이랑 설거지는 언니가 하라고."

동생은 당연하다는 듯 대답했다. 눈곱만큼의 망설임도 없었고 미안해하는 표정조차 짓지 않았다. 팥쥐하고 똑같았다.

"그래도 좀 도와줘야 하는 거 아냐? 내가 끓인 라면 네가 더 많이 먹었잖아?"

"나, 맛없는데도 억지로 먹은 거야. 끓인 성의를 봐서. 그러니까 오히려 언니가 나한테 고마워해야 돼!"

"뭐어?"

대답이나 안 하면 밉지나 않지! 너무도 얄미운 동생이었다. 마음 같아서는 머리를 한 대 쥐어박고 싶은 걸 또 간신히 참았다.

그냥 눈만 한 번 흘기고서 안방을 나와 다시 주방으로 갔다.

"아, 하기 싫은 설거지! 이걸 언제 다 하나?"

눈앞이 캄캄해지는가 싶더니, 휴우—! 한숨이 전깃줄보다 더 길게 새어나왔다. 예은이가 기적적으로 마음을 바꿔 대신 해준 다면 모를까. 그렇지 않고서는 피할 수 없는 일이었다. 자포자 기한 심정으로 우선 고무장갑을 찾았다. 하지만 눈에 띄지 않 았다. 싱크대 선반에도, 수납장에도, 서랍에도 없었다. 안방을 향해 소리쳐 물었다.

"예은아, 싱크대에 있던 고무장갑 어딨니?"

"몰라!"

고무장갑도 없이 설거지를 하는 건 맨손으로 오물을 만지는 것과 마찬가지였다. 손을 직접 물에 담그는 것도 싫었지만, 맨 손에 음식 찌꺼기가 닿고 기름기가 묻는 건 정말 질색이었다. 생각하는 것만으로도 몸서리가 쳐졌다.

"나 골탕 먹이려고 네가 감췄지?"

"몰라!"

예은이가 모른다고 시치미를 딱 잡아뗐으나 몹시 의심스러웠 다.

"모르다니? 어서 말해! 시간 없어."

"난 몰라!"

주방 구석구석을 뒤져가며 다시 찾아보았다. 쓰레기통에 처 박혀 있었다. 꺼내보니 손가락 하나가 찢어진 상태였다. 엄마가 아침에 찌개거리를 다듬다가 찢어져서 버린 모양이었다. 그냥 맨손으로 하는 수밖에 다른 방법이 없었다. 엄마가 오기 전에 해치워야 하건만 양이 많아서 큰일이었다. 마음이 다급해지니까 시계 초침 소리가 천둥소리보다도 더 크게 들렸다. 먼저 양쪽 수조에 물을 가득 채우고 화학세제를 듬뿍 넣었다. 그러고 나서 스펀지 수세미에도 세제를 마구 칠하고 설거지를 하기 시작했다. 억지춘향으로 하는 설거지라 짜증이 세제거품처럼 몽글몽글 부풀어 올랐다.

시간은 아홉 시 삼십오 분.

"시간이 왜 이렇게 빨리 가는 거야?"

이제 길어야 십오 분밖에 남지 않았다. 꼼꼼히 하기에는 너무 짧은 시간이었다.

"예은아, 나 좀 도와줘!"

다시 도움을 청했으나 예은이는 묵묵부답이었다.

"너 정말 그럴 거야? 어디 두고 보자!"

대충 대충하기로 하고 부지런히 손을 움직였다. 그러나 손이 미끄러워 조심해야 했다. 자칫 실수를 해서 그릇이라도 깨트리는 날에는 죽은 거나 마찬가지였다. 엄마는 일을 다니기 시작한 날부터 매일 피로와 스트레스가 쌓여 언제 폭발할지 모르는 핵폭탄이나 다름없었다. 손으로는 밥공기를 닦으면서 고개를 돌려 현관문을 바라보았다. 금방이라도 엄마가 문을 열고 들이닥칠 것만 같았다. 여태 설거지도 안 해놓고 뭘 하고 있었어? 시퍼런 눈빛으로 그렇게 고함을 내지르는 엄마 얼굴이 수조 속에서 둥실 솟구쳤다.

아홉 시 사십오 분. 작은 그릇인 밥공기와 대접 그리고 숟가락과 젓가락이 얼추 마무리되었다. 이제 남은 것은 커다란 압력 밥솥과 찌개냄비뿐이었다. 오 분 내에 해치워야 했다. 먼저 압력 밥솥에 있는 탄 밥을 스테인리스 주걱으로 박박 긁어 쓰레기통에 버렸다. 찌개냄비 속의 새까맣게 탄 건더기도 같은 방법으로 처리했다.

아홉 시 사십팔 분.

"빨리 해야 해, 빨리!"

그릇 건조대 뒤에 있는 철수세미를 집어 들었다. 그것으로 냄비 속을 있는 힘껏 문질렀다. 타서 눌어붙은 음식물이 어느 정도 벗겨졌다. 하지만 조금뿐이었다. 더 이상은 아무리 문질러 대도 없어지지 않았다. 그냥 맑은 물에 두어 번 헹궈서 건조대 위에 엎어 놓았다. 이제 남은 것은 가장 크고 무거운 압력 밥솥이었다.

시간은 벌써 아홉 시 오십 분.

"비야, 마구마구 쏟아져라! 울 엄마 천천히 오게."

기도를 하면서 철수세미로 부지런히 문질렀다. 밥솥 안에 든 물이 점점 더 새까매졌다. 물을 쏟아버리고서 다시 문질렀다. 온 힘을 기울여 수십 수백 번 닦고 또 닦았다. 그러나 좀체 깨끗해지지 않았다. 얼마나 단단히 눌어붙었는지 반 가까이가 그대로였다. 이마에 땀이 흐르고 손가락과 손목은 물론 어깨까지 뻐근하면서 아팠다. 그래도 멈출 수는 없어 더욱 빠르게 손을 놀렸다.

그때였다. 초인종이 "띵동!" 울렸다. 그 소리에 세은이는 심장이 멎으며 동작도 멈추어졌다. 마법에 걸려 얼음 기둥이라도 된 것처럼 순식간에 전신이 꽁꽁 얼어버렸다. 엄마였다. 드디어 짜증과 신경질의 여왕 엄마가 돌아온 것이었다.

"에이! 조금만 더 있다가 오지."

"와! 엄마 왔다-!"

안방에 있던 동생 예은이가 다람쥐보다 날쌔게 현관으로 달려갔다.

심심하고, 지루하고, 재미 하나도 없는 날이 계속되었다. 날마다 동생 예은이의 깐죽거림, 촐랑거림, 빈정거림을 견뎌내야하는 지옥 같은 나날이었다. 그것까지는 그렇다고 쳐도, 매일매일 설거지라는 똑같은 일을 반복해야 되니 살아 있어도 사는게 아니었다. 지옥에서 도망쳐 멀리멀리 달아나고 싶었다. 그렇지만 무작정 가출을 할 수는 없고, 집에서 탈출하는 길은 개학을 해 학교에 가는 방법밖에 없었다.

"그래. 개학하면 설거지 안 시키겠지! 답답한 집에 하루 종일 있지 않아도 되고."

사라가 마음에 걸리기는 해도, 숨 막히는 집에서 벗어날 수 있는 유일한 희망은 개학이었다. 세은이는 그 희망을 가슴속에 고이 품고 손가락을 꼽으며 개학날을 기다렸다.

"이 감옥에서 탈출하는 방법은 오직 개학뿐이야. 이제 사일! 딱 사 일 남았어."

밤 열두 시가 넘어서자, 사 일을 염불 외듯 중얼거리던 세은이는 하품을 두어 번 했다. 일어나서 형광등 스위치를 내리고 다시 침대에 누웠다. 그리고 홑이불을 목까지 끌어올렸다. 방은 어두워졌으나 형광등에 잔광이 남아 희미하게 보였다. 형광등 갓에 엉켜 있는 거미줄에서 다행히도 독거미는 나오지 않았다. 우리나라에는 독거미가 없다는 초등학교 6학년 때 담임 지현옥 선생님의 말이 맞는 모양이었다. 하루 종일 동생에게 시달리고 설거지에 신경을 썼더니 많이 피곤했다. 금방 잠이 쏟아졌다. 멋진 비행기를 타고 세계여행을 하는, 또는 드넓은 노란 꽃밭을 혼자 거니는 꿈을 꿀 것 같은 예감이 들었다.

세은이가 꿈속으로 들어가 막 하와이행 여객기에 올라선 순간이었다. 느닷없이 방문이 벌컥 열렸다. 그와 동시에 징그러운 목소리가 귀청을 간질였다.

"언니이–!"
예은이의 목소리가 웬일로 평상시보다 한 옥타브 낮고 비단결처럼 부드러웠다. 그리고 아양기가 듬뿍 묻어 있었다. 그래도 싫은 건 싫은 거였다.

"왜 왔어? 나 지금 막 잠들었는데."

동생과 달리 세은이는 평소보다 한 옥타브 높여 짜증기가 잔뜩 섞인 목소리로 물었다.

"나, 여기서 언니랑 자면 안 돼?"

"안 돼!"

딱 잘라 거절했다.

"왜 안 돼?"

"무조건 안 돼!"

동생이랑 한집에 있는 것도 싫은데 한방에, 그것도 한 침대에서 함께 자다니? 온몸에 소름이 돋고 두드러기가 피었다. 하늘이 두 쪽 나도 절대 받아들일 수 없는 제안이었다. 그동안 동생 예은이가 한 짓을 생각하면 치가 떨리고 두 눈에 쌍심지가 켜졌다.

지난 번 텔레비전 만화영화를 보다가 밥과 찌개를 태워서 숯덩어리로 만들었던 날, 집으로 돌아온 엄마는 설거지 검사를 하지 않았다. 너무 피곤하다면서 세수를 한 후 얼굴 크림만 바르고 곧바로 쓰러져 잠이 들었다. 그런데 일이 터진 것은 다음 날 아침이었다. 무슨 바람이 불었는지 참새보다 일찍 일어난 예은이가 엄마를 깨워서 미주알고주알 다 고해 바쳤다. 그 때문에 세은이는 이른 아침부터 엄마의 거친 말 폭탄을 장시간 맞아야 했다. 앞으로 텔레비전을 일절 보지 말라는 명령까지 덤으로 받았었다. 세은이는 그날 일을 생각할수록 예은이가 너무 괘씸하고 증오스러웠다. 엄마도 싫었다. 말도 하고 싶지 않았다.

"엄마가 코를 너무 심하게 골아서 그래! 이빨까지 빠드득 빠드득 갈아서 안방에선 잠을 잘 수가 없단 말이야."

"코 고는 소리는 정말 듣기 싫지! 그래도 안 돼. 빨리 나가!"

세은이는 천둥같이 고함을 치고 홑이불을 머리끝까지 뒤집어썼다.

잠시 방 안이 조용했다. 예은이가 몸을 돌려 밖으로 나가는 기척이 났다. 그런데 그게 아니었다. 착각이었다. 예은이가 무작정 이불 속으로 기어 들어왔다. 두더지처럼 막무가내로 파고들었다. 아주 이판사판 죽기 살기였다.

"너, 이게 뭐하는 짓이야?"

벌떡 일어나서 예은이의 손목을 잡았다. 잡자마자 침대 밖으로 세게 끌었다. 그러나 예은이가 온 힘을 다해 버텼다. 팽팽한 힘겨루기가 지속되었다.

"이이이이!"

"으으으으!"

"하룻밤만 재워줘! 얌전히 잠만 잘 테니까."

"안 돼!"

세은이는 다시 한 번 딱 잘라 거절하며 여러 차례 도리질을 쳤다. 죽었다 깨어나도 절대 안 되는 일이었다. 잠자는 시간마저 얄미운 동생한테 시달리기는 싫었다.

"왜 안 돼?"

"나는 누구랑 같이 자는 거 불편해! 넌 그냥 안방에서 자! 오늘은 엄마 코 안 골 거야."

"언니가 그걸 어떻게 알아? 언니가 점쟁이야?"

동생이 또 따지고 들었다. 두 눈을 똥그랗게 뜨고 삿대질까지
해댔다.

"아까 목소리를 들어보니 별로 피곤해 보이지 않았어!"

"아냐. 피곤하다고 그랬어. 그리고 엄마 요즘 매일 코 고는
거 알잖아? 오늘은 어제보다 더 심하게 골 것 같아."

아주 이제 예측까지 해가며 고집을 꺾지 않았다. 황소고집
에 찰거머리요, 진드기였다.

"네가 그걸 어떻게 알아?"

"엄마가 벽을 보고 누웠거든. 그러면 코 고는 소리가 꼭 탱
크 지나가는 소리 같아!"

"뭐? 탱크?"

"그래. 크르르르릉! 크르르르릉! 이렇게 골아. 가끔 이빨까
지 빠드득 갈아서 무서워! 내가 며칠 동안 자세히 관찰했어."

예은이는 코 고는 엄마 흉내를 실감나게 내가면서 설명했
다. 예전에 아빠가 가끔 술에 취해 들어오면 밤새 코를 심하게
골았었다. 그러면 다음날 아침 식탁에서 엄마는 기차 화통을
안주로 삶아 먹었냐며 아빠를 호되게 타박하곤 했었다.

"별 걸 다 관찰했네. 벽을 안 보고 천장을 보고 누우면?"

"그러면 소나기 쏟아지는 소리로 골아. 후두두두! 후두두두!
이렇게. 같이 가서 들어 볼래, 언니? 아마 언니는 오 분도 못

견딜 걸!"

"듣긴 뭘 들어? 빨랑 가! 이이얏!"

마지막 힘을 그러모아 우악스레 당기자 예은이가 방바닥으로 쿵! 떨어졌다. 그대로 질질 끌고서 주방까지 가 버려두고 돌아왔다. 그러고는 방문을 재빨리 잠갔다. 주방에서 예은이의 울음소리가 들려왔다. 울음소리는 점점 더 커지며 아파트를 쩌렁쩌렁 울렸다.

"으아아앙! 나쁜 언니! 못된 언니!"

"흥! 밤새 울어봐라, 내가 문을 열어주나!"

세은이는 침대에 누워 다시 홑이불을 뒤집어썼다.

아까 잠깐 꾼 꿈속에서 탔던 하와이행 여객기는 떠나갔을 테니, 새로 꾸는 꿈속에서는 사우디행 여객기를 타고 싶었다. 사우디에 가서 아빠를 만나 꼭 물어볼 것이 있었다. 왜 갑자기 떠난 것인지, 왜 하필 사우디로 간 건지, 이 년 후에 돈을 못 벌고 돌아오면 엄마랑 이혼을 할 것인지, 이혼을 하면 자기는 아빠랑 살 것인지, 엄마랑 살게 되는지 등등. 궁금한 게 한두 가지가 아니었다.

세은이는 곧 잠이 살짝 들어 비몽사몽으로 접어들었다. 그러자 예은이의 커다란 울음소리가 먼 하늘의 여객기 엔진 소리처럼 잔잔하게 들려왔다. 옛날에 할머니가 불러주던 나지막한 자장가 소리 같기도 했다. 그 소리에 취한 채 포근한 구름 속을 날아서 서쪽으로 한참 동안 날아갔다. 그러다 문득 내려다 본

동그란 창밖. 어? 저 밑에 바다보다 너른 사막이 펼쳐져 있고, 초승달을 닮은 모래언덕에 누군가가 홀로 서서 손을 흔들고 있었다. 아빠? 키와 체형으로 판단하건대 아빠가 분명했다.

반가움에 아빠를 크게 부르려는 순간,

"꽝! 꽝! 꽝!"

여객기가 폭발하는 굉음이 귀청을 떨어뜨렸다.

"으악!"

세은이는 비명을 내지름과 동시에 상체를 벌떡 일으켰다. 꽝! 꽝! 꽝! 또 굉음이 들리고,

"세은아, 문 열어! 빨리! 빨리 못 열어?"

엄마의 앙칼진 목소리가 뒤를 따랐다.

"아, 왜?"

세은이도 엄마와 똑같은 목소리로 크게 소리쳤다. 화가 뻗쳐 콧김이 씩씩 뿜어져 나왔다. 그 바람에 홑이불이 태극기처럼 펄럭였다.

"오밤중에 예은이를 왜 울리고 그래? 시끄러워서 엄마가 잠을 잘 수가 없잖아? 엄마가 잠을 자야 내일 또 일을 나가지. 어서 문 열어! 예은이 들어가게."

"싫어!"

"아니 저것이 정말! 너 혼 좀 나볼래?"

엄마가 문손잡이를 잡고 마구 흔들었다. 덜컹! 덜컹! 귀에 거슬리는 소음이 신경을 쑤셨다. 분노가 폭발해 입에서 천둥소

리가 튀어나왔다.

"내가 왜 혼나? 뭘 잘못했다고."

"저, 저, 말대꾸 꼬박꼬박 하는 버르장머리 좀 봐! 중학생이
되더니 아주 성질이 왕창 나빠졌네, 응?"

엄마는 또 중학생 타령이었다. 세은이는 엄마의 잔소리가 듣기
싫어 두 손으로 아주 양쪽 귀를 막아버렸다.

잠시 후, 엄마가 돌아가는 것 같았다. 발소리가 들렸다.

"네 언니 아무래도 사춘긴가 보다. 저렇게 자꾸 반항하고 짜
증을 부리는 걸 보니."

"사춘기? 그게 뭐야? 알려줘, 엄마!"

"그런 게 있어. 삐뚜름하게 비정상적인 행동을 하는 거. 나
중에 다 알게 돼!"

엄마의 짜증기 섞인 말소리가 한참 동안 이어졌다.

"너, 그냥 안방에서 엄마랑 자! 왜 언니 방에서 잔다고 이 난
리야? 엄마 화나게."

"엄마가 코 골아서 잠을 못 자니까 그렇지!"

"뭐? 내가 무슨 코를 골아? 난 코 안 골아."

엄마가 시치미를 딱 잡아뗐다. 예은이가 따지고 들었다.

"안 골긴 뭘 안 골아? 엄마 매일 코 골아! 아주 심하게. 그거
몰랐어?"

"몰라! 몰라! 그럼 여기 주방에서 자든지 말든지, 네 맘대로
해!"

엄마가 안방으로 들어가자 예은이 혼자서 뭐라 뭐라 구시렁대더니 금세 잠잠해졌다. 주방 한 쪽 구석에 누워서 자는 모양이었다.

새벽 네 시 경, 잠이 들었던 세은이는 이상한 기운에 눈이 스르르 떠졌다. 아직 날이 밝지 않아 방 안은 어둠침침하고 조용했다. 그런데 방 안에 감도는 공기의 느낌이 달랐다. 손등으로 눈을 비비고 나서 가만히 주위를 살폈다. 우측에서부터 시작해서 좌측으로 시선을 이동시키며 방 안을 천천히 훑었다. 시선이 출입문을 지나고 박스더미를 지나고 서랍장을 통과해 창문에 이르렀을 때, 흠칫 놀랐다. 정체를 알 수 없는 검은 물체가 시야에 잡혔기 때문이었다.

"헉! 귀, 귀……."

너무 놀라 말이 나오지 않았다. 보는 즉시 등골이 오싹해지며 머리카락이 주뼛 섰다. 전신에 콩알만 한 소름이 우툴두툴 돋았다. 얼른 두 손으로 눈을 가리고서 고개를 돌렸다.

"뭐지? 대체 창문 밖에 뭐가 서 있는 거지?"

간이 쪼그라들고 심장이 쿵쾅거렸다. 이마에 솟은 식은땀이 흘러 눈으로 자꾸 들어갔다. 그렇지만 고개가 다시 검은 물체 쪽으로 서서히 돌아갔다. 이상한 일이었다.

"으헉!"

둥그스름한 형태로 보아 분명 사람의 얼굴이었다. 누군가가 창문 밖 베란다에 서서 방 안을 들여다보고 있었다. 공포에 떨면서도 세은이는 눈길을 거둘 수가 없었다. 마치 강력 본드로 접착시켜 놓은 듯 시선이 검은 물체에 들러붙어서 떨어지질 않았다. 째깍! 째깍! 시간이 흐르고 차차 어둠에 익숙해지자, 검은 물체의 형체가 조금 더 뚜렷해졌다. 검은 물체는 약간씩 움직이기도 했다.

"엄마야!"

더 이상 보고 있을 수가 없어서 홑이불을 뒤집어썼다. 몸이 덜덜 떨리며 고슴도치처럼 움츠러들었다. '대체 뭐야? 아니, 가만! 혹시 예은이? 아님, 엄마? 집 안에 사람이라고는 단 세 명밖에 없는데? 나를 제외하면 엄마하고 예은이뿐이잖아?' 생각이 거기에 미치자 무서움이 사라졌다.

"얼굴이 작은 걸 보니 예은이가 분명해! 사람 놀라게 새벽에 무슨 귀신놀음이야? 내 이것을 그냥……!"

살며시 일어난 세은이는 창문으로 가만가만 다가갔다. 그러고는 창문을 힘껏 열어젖혔다. 하지만 베란다에는 아무도 없었다.

"어? 그럼 뭐였지? 내가 잘못 본 건가?"

거실로 나갔다. 예은이는 현관 가까이에 큰대자로 누워 세상모르고 자는 중이었다. 음냐! 음냐! 쩝! 쩝! 자면서도 무언가를 계속 먹어댔다. 안방도 확인했다. 엄마 역시 쿨쿨 자고 있었다. 벽을 보고 누운 자세로, 크르르릉! 크르르릉! 탱크 소리를 뿜어댔다.

외나무다리

　분위기가 썰렁해 시베리아 벌판으로 변한 집에서 사흘이 지났다. 개학을 하루 남겨둔 날이었다. 세은이는 숙제를 몰아서 하느라 하루 종일 안방에 엎드려서 낑낑거렸다. 동생도 마찬가지였다. 아침에는 밥하고 국을 먹었으나 점심과 저녁은 역시 라면이었다. 김치 하나만 놓고 후딱 먹어치울 수 있는 간편함 때문이었다. 동생은 김치를 아주 싫어했지만 라면에는 역시 배추김치가 최고였다. 김치랑 먹으면 희한하게도 라면이 질리지 않았다. 게다가 세은이는 그동안 요령을 터득해서 라면을 쫄깃쫄깃하게 잘 끓였다. 가끔 계란이나 신김치를 넣고 끓여 맛의 변화를 주기도 했다. 하지만 미끌거리는 라면 기름 때문에 설거지하기가 매번 찜찜했다.

　세은이는 하던 방학 숙제를 마치고 나서 설거지도 얼렁뚱땅

해치웠다. 내친김에 거실과 현관을 빗자루로 대충 쓸고서 자기 방으로 들어갔다. 그리고 책상 앞 의자에 앉아 스탠드를 켰다. 하나 남은 마지막 방학 숙제를 하기 위해서였다. 가장 어려운 숙제인 독서 감상문 한 편 쓰기. 방학 전 짝 현아에게 빌려서 이미 책을 읽어뒀었다. 짝은 무척 재미있다고 했으나 읽어 보니 재미없었다. 바닷물 온도가 어쩌고 열대성 저기압이 저쩌고, 엘니뇨 현상이 이러저러하다는 과학도서였다. 너무 지루하고 어려워 무슨 내용인지 이해가 되지 않았다.

"A4 두 장 분량을 채우라고 했는데, 뭐라고 쓰지?"

책과 노트를 펼치고 연필을 잡았으나 막막했다. 두 눈을 감고 고민에 잠겼다. 하지만 아무리 머리를 쥐어짜도 떠오르는 생각이 없었다. 머리가 돌처럼 굳어지며 모든 기억이 다 사라져버렸다.

"아, 글쓰기 정말 짜증 나!"

자신도 모르게 노트에다 엉뚱한 것만 끄적거렸다.

〈내가 싫어하는 것〉

1. 글쓰기 - 많이

2. 설거지 - 아주 많이

3. 청소 - 많이

4. 벌레류 - 아주 많이(특히 바퀴벌레)

〈내가 싫어하는 사람〉

1. 아빠 - 많이

2. 엄마 - 아주 많이

3. 예은 - 아주아주 많이

4. 사라 - 아주아주아주 많이(생각하기조차 싫음)

그렇게 써놓고 연필 끝으로 콕콕콕 찍었다. 그러자 각 이름 위에 깨알만 한 점들이 무수히 생겨나 까맣게 되었다. 꼭 벌레들이 파먹은 형상이었다.

"재밌는 소설책으로 할 걸 괜히 이 책으로 정해가지고. 이제 와서 다른 책을 읽을 수도 없고. 어떡하나?"

인터넷이라도 되면 숙제도우미 사이트에서 보고 대충 베낄 텐데. 인터넷은 고사하고 컴퓨터가 어디에 처박혀 있는지도 모르니. 또 슬슬 짜증이 나기 시작했다.

"짜증 나! 짜증 나! 아빠 미워! 엄마, 예은이 싫어! 사라 아주 나빠! 아, 심심해! 예전 아파트 내 방으로 돌아가고 싶어!"

세은이는 공책을 찢어 내키는 대로 종이접기를 하며 한참 동안 앉아 있었다. 그래도 짜증이 가라앉지 않았다.

엄마가 돌아온 모양이었다. 동생이 뛰어나가 현관문을 여는 소리가 들렸다.

"집에 별일 없었지?"

"응!"

"언니는?"

"언니 방에."

엄마와 예은이의 짤막한 대화에 이어 발소리가 쿵쿵 났다. 곧 방문이 열렸으나 세은이는 뒤돌아보지 않았다. 연필을 잡은 손으로 이마를 짚고 방금 접은 못생긴 개구리를 내려다보았다.

"어유! 개학 전날에서야 숙제하느라고 바쁘구나, 바빠! 얼마 되지도 않는 숙제 진작 해두지 않고. 쯧쯧!"

엄마의 잔소리 퍼붓기가 또 시작되었다. 짜증 수치가 급격히 상승되었다.

"문 닫아!"

소리를 꽥 질렀다. 있는 힘껏 질러서 목젖이 얼얼했다.

"아우 깜짝이야! 왜 소리를 질러? 엄마 안녕히 다녀오셨어요, 인사는 못할망정!"

"빨리 문 닫고 가라고!"

못생긴 개구리를 집어 방바닥에 패대기를 쳤다. 개구리가 충격 반동으로 발랑 뒤집어져 배를 드러냈다.

"물건까지 집어던지고. 애가 점점 더 심해지네! 엄마 하루 종일 뼈 빠지게 일하고 왔는데, 위로는 못해주고 짜증이나 부리고."

"엄마는 짜증 안 부렸어?"

"뭐? 내가 언제 짜증을 부렸어?"

"아, 빨리 가! 엄마랑 아무 말도 하기 싫어!"

"그래, 좋아! 이제 우리 말하지 말자. 아주 남남으로 살자!"

엄마가 방문을 꽝 닫았다. 그 진동에 창문이 우루루루! 떨었다. 이사를 오기 전에는 엄마와의 사이가 이렇게까지 심각해질 줄 상상조차 못했었다. 집안 분위기가 더욱 차가워져 아예 꽁꽁 얼어붙고 말았다. 집이 아니라 얼음나라였다. 마술에 의해 얼음나라로 변한 게 아니고, 가족들끼리 서로 쌀쌀맞게 대해서 그 냉기로 저절로 얼음나라가 된 것이었다. 세은이는 기분이 더욱 나빠져 방바닥에 버린 개구리를 집어 발기발기 찢었다. 종이 개구리한테 화풀이를 몽땅 다 해버렸다.

드디어 개학날이 되었다. 노랑 양말을 신고, 노랑 머리띠를 하고, 노랑 바탕색인 책가방을 멘 세은이는 집을 나섰다. 분홍 책가방을 멘 동생도 따라 나왔다. 아침부터 햇볕이 쨍쨍한 뜨거운 날씨였다. 게다가 가뜩이나 잠을 못자 눈꺼풀이 무거운데, 독후감 숙제를 못해 발걸음 또한 천근만근이었다. 발목에 커다란 돌멩이를 매달고 걸어가는 기분이었다. 그렇지만 전에 살던 아파트보다 등교거리가 멀어졌으니 빨리 걸어야 했다.

"언니, 학교 가는 길 알아?"

논과 밭이 보이는 마을길 끄트머리에 이르자 예은이가 물었다. 그동안 소 닭 보듯, 닭 소 보듯 말을 거의 안 하고 지냈었다. 그런데 예은이가 바짝 다가와서 물은 것이었다. 대답을 해줄까 말까 망설이다 퉁명스레 말했다.

"이 길로 쭉 가다가 두세 번 꺾어 가면 될 걸?"

"될 걸? 그러면 확실하게 아는 게 아니네?"

"가다 보면 어딘지 알게 돼! 이쪽 애들도 갈 거니까. 걔네 따라가자고."

톡 쏘아붙이고 험상궂게 생긴 개 불도그 인상을 썼다. 그러자 예은이가 따져 물었다.

"오늘 개학날인데 왜 또 짜증이야?"

"짜증 아냐!"

"짜증 맞아! 언니 사춘기라서 그런 거지? 나 다 알아."

"사춘기? 누가 그런 소리를 해? 엄마?"

그런 말을 예은이한테 해줄 사람은 엄마밖에 없었다. 엄마 생각에 인상이 더 찌그러졌다.

"응! 엄마가 언니는 사춘기라서 매사에 짜증을 내는 거랬어."

"흥! 그럼 엄마는 갱년기라서 그렇게 짜증을 부리는 거야."

"갱년기? 갱년기는 또 뭐야?"

"그런 거 있어. 넌 몰라도 돼!"

세은이는 담임 선생님한테 얼핏 들었던 갱년기에 대해 뭐라 자세히 설명을 할 수가 없어서 미리 예은이의 다음 질문을 차단해버렸다. 그러자마자 걸음 속도를 높였다. 예은이가 비 맞은 중처럼 투덜투덜 대면서 뒤쫓아 왔다. 동생이 없는 친구들이 부러웠다.

학교가 어느 쪽에 있다는 건 알고 있기에 그쪽을 향해서 무작정 걸었다. 걷다 보니 아이들이 하나둘 길거리에 나타났고 모두 같은 방향으로 움직이고 있었다. 그 아이들을 따라 이리저리 삼백여 미터를 가자 횡단보도가 나왔다. 초원아파트 단지 바로 옆, 연성우체국이 보이는 부근이었다. 신호등이 빨간불이라 멈춰 섰다. 파란 불로 바뀌기를 기다리며 이 분이 채 안 지났을 때, 뒤에서 귀에 익은 말소리가 들렸다. 세은이는 긴장이 되어 몸이 뻣뻣하게 굳었다. 심장이 뛰고 호흡이 가빠졌다. 그러나 뒤돌아보지 않고 가만히 귀를 기울였다.

중얼거리는 말소리가 점점 가까이 다가왔다. 설마? 아니겠지! 애써 부정을 했다.

"새가 그 종류대로, 육축이 그 종류대로, 땅에 기는 모든 것이 그 종류대로……."

오! 마이 갓! 원수는 외나무다리에서 만난다더니. 틀림없이 사라였다. 조금도 반갑지 않은 얼굴. 반갑기는 고사하고 생각하기조차 꺼려지는 바퀴벌레 같은 존재. 목덜미에 으스스 한기가 들고 턱이 덜덜 떨렸다.

"모든 것이 그 종류대로 각기 둘씩 네게로 나아오리니 그 생명을 보존케 하라!"

별명이 창세기인 윤사라가 분명했다. 재수가 없으면 뒤로 자빠져도 코가 깨진다더니, 하필이면 윤사라와 등굣길이 겹친 것이었다. 세은이는 옆으로 두어 걸음 옮겨 몸을 잔뜩 움츠렸다. 그런데 그게 오히려 시선을 끄는 동작이 되어버렸다. 누가 옆구리를 쿡 찌르며 큰 소리로 말했다.

"야, 세은아! 네가 여기 웬일이야? 너 이쪽 동네에 살아?"

몸을 돌리지 않을 수가 없었다. 억지로 돌아섰다. 보름달처럼 둥그런 사라의 얼굴이 바로 눈앞에 둥실 떠 있었다. 우웩! 이마에 여드름이 줄지어 피어나고 더러는 곪기도 한 모습이 구역질을 일으켰다. 세은이는 모기 소리보다도 작게 대답했다.

"응! 사, 사라야."

"그래? 너, 저기 저쪽 연성동 그린피아 아파트에 산다고 그러지 않았어? 그쪽에서 등하교했었잖아? 근데 이쪽으로 이사 온 거야? 어느 아파트? 여기 초원아파트?"

사라가 손가락으로 바로 옆 초원아파트 단지를 가리켰다. 사라의 손을 보자 세은이는 가슴이 섬뜩해지며 저절로 고개가 돌려졌다. 초원아파트가 아니라고 대답을 해야 할 텐데. 창피해서 입이 떨어지지 않고 얼굴만 화끈거렸다. 쥐구멍에라도 들어가고 싶은 심정이었다.

"여, 여기가 아니고. 저기 저 위쪽에 있는……."

"저 위쪽? 저기는 아주 오래된 동산아파트 하나뿐인데? 어머나! 너네 집 그 5층짜리 동산아파트로 이사를 한 거야?"

"아, 그게 저, 이사한 게 아니고……."

"그러면?"

사라는 횡단보도를 건너면서도 옆에 진드기처럼 들러붙어

꼬치꼬치 캐물었다. 고역이었다.

"자, 잠시만 그리로 옮긴 거야. 그린피아 아파트는 엄마가 전체 인테리어를 새로 하기로 해서. 두세 달 정도 친척 아파트에 살기로 했어! 임시야, 임시!"

얼떨결에 그렇게 둘러대고 말았다. 하지만 사라는 믿지 않는 눈치였다. 고개를 연신 갸웃거리며 의심스러워하는 눈빛으로 쳐다봤다.

"으응! 그런데 거기서 걸어 다녀? 엄마가 차에 태워다 주지 않고? 나는 우리 아빠가 살 빼라고 걸어 다니랬어."

"아, 요즘 우리 엄마가 바빠서 그냥 내가 걸어 다닌다고 했어. 멀지도 않은데 뭐!"

세은이는 사라가 계속 낡은 아파트를 물고 늘어질까 봐 얼른 화제를 돌렸다. 대낮에도 귀신이 나올 것 같은 낡은 아파트 얘기를 못하게 하려면 그 방법밖에 없었다.

"너 아직도 창세기 외우는 중이야?"

"응! 아빠가 한 글자도 틀리지 말고 완벽하게 외우래! 나, 성경구절 외우느라 매일매일 스트레스 팍팍 받아. 외우기 싫어서 죽겠어!"

지난 1학기 내내 창세기를 외우며 다니더니 2학기에도 그럴 모양이었다. 아빠가 목사라는데 강제로 성경구절 암송을 시킨다는 것이었다. 창세기 1장부터 5장까지 암송하면 최신형 스마트폰을 사준다고 약속했다며 억지로 외우고 있었다.

"너네 교회는 어디야?"

"여기 초원아파트 상가 지하에 방주교회라고 있어. 집은 103동 804호고. 너도 우리 교회 예배 보러 올래? 와라. 응?"

"글쎄? 생각 좀 해보고."

말은 그렇게 했지만 생각해볼 것도 없이 교회는 싫었다. 더욱이 사라네 교회에 나간다는 건 열 번 죽었다가 깨어나도 있을 수 없는 일이었다. 짧게 말해 불가능한 것이었다.

"참! 세은이 너 그거 모르지?"

"뭐?"

"우리 반에 김슬기 있지? 걔네 엄마 살기 힘들다고 가출했대. 도망간 거지 뭐! 그래서 걔네 아빠 매일 술만 마시고 꽥꽥 소리만 지른다더라. 그리고 고성진 있지?"

사라 입에서 고성진 이름이 튀어나오자 세은이는 가슴이 철렁했다. 그리고 즉시 양쪽 귀가 손바닥만큼 커졌다.

"고성진이 왜?"

"걔네 엄마 아빠는 빚이 많아서 이혼을 해 완전히 갈라섰대. 그래서 성진이는 아빠 따라가고 걔 동생은 엄마 따라간다더라. 우리 교회에서는 별별 소식을 다 들을 수 있어!"

성진이 엄마 아빠가 이혼을? 세은이는 자신이 당한 일이라도 되는 양 가슴이 찌르르 울렸다. 차라리 듣지 말았으면 좋았을 소식이었다.

"요즘 사업 실패 장사 실패 그런 거로 빚을 많이 져서 아빠

가 가족들을 데리고 함께 목숨을 끊는 일도 많아졌대! 그런 아
빠들은 아주 나쁜 아빠들이라고 말하면서 우리 아빠가 막 화를
냈었어."

세은이도 이사 오기 전에 텔레비전에서 그런 뉴스를 본 적이
있었다. 엄마는 심각한 표정으로 그 뉴스를 보며 한숨을 푹푹
내쉬었었다.

"세은아, 우리 교회에 나와! 우리 교회는 크지는 않지만 착
한 사람들만 모이고, 분위기도 짱 좋고, 헌금도 많이 내라고 하
지 않고, 또……."

자기네 교회 자랑을 떠벌리던 사라가 한 걸음 뒤에 따라오
고 있는 예은이를 돌아봤다. 순간, 사라의 작은 눈이 유리조각
처럼 날카로운 빛을 뿜었다.

"얘는 누구야? 네 동생?"

"응! 내 동생. 월관초등학교 4학년 2반이야."

"너, 이름이 뭐니?"

"예은이요. 오예은!"

예은이가 자기 이름을 또박또박 대답했다.

"동그란 눈이 진짜 별처럼 예쁘게 생겼다. 마음도 착할 것
같고."

그 말에 세은이는 고개를 돌려 예은이의 눈을 살폈다. 반짝반
짝 크게 빛이 나는 모양이 예쁘기는 했다.

사라의 난데없는 칭찬에 예은이는 수줍게 웃으면서도 좋아

하는 표정을 지었다. 하지만 세은이는 불안했다. 사라가 무슨 꿍꿍이로 동생을 칭찬하는지 짐작이 되기 때문이었다.

"힘도 세겠는데. 예은이 너 이것 좀 교문까지 들고 갈래?"

"예, 언니! 그러죠."

아니나 다를까. 사라는 들고 있던 보조가방을 예은이에게 건네주었다. 안에 무엇이 들었는지 배가 불쑥 나와 꽤 무거워 보였다.

예은이가 없었다면 틀림없이 자기에게 들어다 달라고 그랬을 것이기에 세은이는 기분이 좋지 않았다. 그러나 그렇다고 동생한테 들어다 주지 말라고 하지도 못했다. 그저 송충이 씹는 표정으로 아무 말 없이 터벅터벅 걸었다.

"새가 그 종류대로, 육축이 그 종류대로, 땅에 기는 모든 것이 그 종류대로……."

예은이에게 보조가방을 맡긴 사라는 뭐가 그리도 신나는지 큰 목소리로 성경구절을 외워댔다. 그게 또 재미있다고 예은이는 고개를 까딱까딱하면서 박자를 맞춰주었다. 나중에는 둘이 아주 죽이 척척 맞아 대여섯 걸음 앞서가며 연신 히히덕거렸다. 차마 눈 뜨고 보지 못할 꼴불견이었다.

"흥! 잘 논다, 잘 놀아! 예은이 저게 앞으로 사라 쫑이 될 것도 모르고."

지난 1학기 때를 회상하면서 세은이는 두 눈을 가늘게 뜨고 사라의 뒷모습을 쳐다봤다. 그러니까 지난 3월 2일 중학교 1학년이 되어 6반에 배정되었을 때, 윤사라는 바로 옆줄 맨 뒤에 앉아 있었다. 덩치도 크고 키도 컸으나 얼굴은 동그라니 유순해 보이는 인상이었다. 하지만 얼마간 지내보니까 전혀 그렇지 않았다. 유순하기는커녕 성격이 매우 거칠었고 신경질도 잘 부렸다.

일이 터진 것은 4월 초 급식실에서였다. 야! 나, 앞에 좀 끼워줘! 배가 너무 고파서 그래! 급식을 받으려고 줄을 서 있는데 늦게 도착한 사라가 무작정 앞으로 끼어들었다. 어이가 없었으나 한 번쯤은 양보할 수 있다고 생각했다. 그러나 한 번이 아니었다. 사라는 번번이 그렇게 새치기를 했다. 거절을 하거나 싫어하는 기색을 보이면 험악한 인상을 쓰며 화를 냈고, 심지어는 밥을 다 먹고 나서 자기 식판을 대신 좀 반납해 달라는 부탁을 하기도 했다. 나, 발목이 아파서 잘 못 걸어서 그래. 한 번만 대신 해줘! 생각할수록 자존심이 상하고 울화가 터지는 일이었다.

"세은아, 뭐하니? 빨리 와!"

앞서가던 사라가 뒤돌아서서 불렀다.

"응! 그래!"

대답을 하고 걸음 속도를 높였다. 하지만 나란히 걷고 싶지 않아 보폭을 좁게 해서 일정한 거리를 유지했다. 힘이 황소보다 세기에 머리끄덩이를 잡고 싸울 수는 없고. 사라를 기절시키는 방법이 없을까? 개구리를 잡아서 가방에 몰래 넣어? 아니,

쥐를 넣을까? 왕거미를? 아니, 바퀴벌레를 집어넣어? 덩치 큰 윤사라가 땅바닥에 큰대자로 뻗어 기절해 있는 모습이 눈앞에 그려졌다. 그러자 세은이는 기분이 좋아지면서 웃음이 터져 나왔다.

"무슨 방법을 써서든 기절을 한 번 시켜보고 싶어! 크히히히!"

"왜 웃어, 언니? 빨리 오지 않고."

이번에는 예은이가 뒤돌아보며 빨리 오라고 소리쳤다. 알았다고 고개를 끄덕여주었다.

"사라 언니, 나는 이제 초등학교로 들어가야 돼!"

"그래! 내 보조가방 이리 줘!"

월관초등학교 교문 앞에 이르자 예상대로 사라는 예은이한테서 넘겨받은 자기 보조가방을 세은이에게 건넸다. 아주 당연하다는 듯한 태도였다. '그래! 네가 기절해 쓰러지는 꼴을 보기 위해 내가 참는다, 참아!' 그렇게 속말을 한 뒤 사라의 보조가방을 들고 월관중학교로 향했다. 약 삼십 미터를 더 걸어 월관중학교에 들어서고부터 세은이는 사라가 또 무슨 일을 저지를까 봐 조마조마했다. 2층에 있는 교실로 가면서도 사라는 중얼중얼 성경구절을 외워댔다. 개구리 울음소리처럼 웅얼거리는 게 귀에 몹시 거슬렸다.

"아, 짜증 나! 잘 나가다가 꼭 이 부분에서 까먹는단 말야, 씨!"

2층 교실로 올라가자 윤사라는 마치 자신의 왕국에라도 들어선 것처럼 마구 헤집고 다녔다. 몰려서서 얘기를 나누고 있는 아이들 뒤로 살금살금 접근해 손가락으로 옆구리를 찌르거나, 손바닥을 펴서 어깨를 후려쳤다. 제 딴에는 반가움의 표현이라고 여기는 행동이었지만 상대 아이는 매우 기분 나빠했다. 그러나 그렇다고 누구 하나 사라에게 항의하지도 못했다. 만약 그랬다가는 사라가 즉시 더욱 센 공격을 가하기 때문에 슬며시 피할 뿐이었다. 담임 선생님이 벌써 여러 번 주의를 주고 경고를 했다. 하지만 그때 잠시뿐이었고 두세 시간 지나면 도로 마찬가지가 되었다.

지난 1학기 대부분을 사라의 몸종 역할을 했던 양민지가 교실에 들어왔다. 그러자 사라는 한겨울에 노랑나비라도 본 듯 반가워하며 뛰어가 맞이했다.

"와! 민지야, 반갑다. 보고 싶었어!"

"응……!"

"근데 너, 방학 때 나한테 왜 전화 한 통 안 한 거니?"

사라는 민지를 매우 반가이 맞이하다가 금세 구박을 해댔다. 무섭게 찡그린 얼굴로 손가락질까지 하며 추궁하듯 물었다.

"응! 그게……."

"일요일마다 우리 교회에 나온다고 약속했으면서 한 번도 나오지 않았잖아?"

"방학 내내 저기 전라도 화순 외갓집에 가 있었어. 미안해!"

"그래도 그렇지, 나 기분 많이 나빴어!"

민지가 몇 번이나 미안하다고 한 후에야 사라는 잠잠해졌다.

학교에 오니 집보다는 나았다. 무엇보다 답답하지 않아서 좋았다. 사라만 없다면 정말 좋을 텐데! 언제 사라가 다가와서 무슨 시비를 걸지 몰라 세은이는 책상에 엎드렸다. 낡고 비좁은 동산아파트로 이사를 한 이후로 아이들과 어울리는 것이 싫었다. 가능한 한 혼자 있고 싶었다. 아픈 척 엎드려서 아이들을 살폈다. 삼삼오오 몰려 앉아 방학 동안에 있었던 일을 얘기하느라 소란스러웠다. 주로 가족들과 피서여행을 갔던 이야기였다. 국내는 물론 더러 해외로 갔다 왔다는 아이들도 있었다.

"말도 마! 얼마나 멋있는지 우리 가족들은 내년에 또 호주로 가기로 했다니까."

"이탈리아 나폴리는 어떻고? 입이 벌어져서 다물어지지 않는다. 거긴 땅, 바다, 하늘 다 끝내주더라!"

"우리 가족은 가까운 태국을 갔는데, 날씨가 후텁지근해서 그다지 좋지 않았어! 차라리 제주도로 가는 게 더 나았을 텐데!"

친구들의 이야기를 부럽게 듣던 세은이는 고개를 반대쪽으로 돌렸다. 엄마 아빠가 이혼한 아이들에게 자연스럽게 눈길이 갔다. 세 명 다 시무룩한 표정으로 앉아 있었다. 다른 아이들과 어울리지 않고 혼자 앉아서 책을 뒤적이거나 연필을 돌렸다. 방학 전보다 오히려 얼굴 표정이 더 어두워진 것 같았다.

"아, 그 애 둘!"

아까 등굣길에 사라가 한 말이 떠올랐다.

고개를 들고 김슬기와 고성진을 찾아보았다. 그러나 아무리 찾아도 두 아이의 얼굴이 눈에 띄지 않았다. 일어나서 그 두 아이의 자리로 갔다. 없었다. 엄마가 가출을 했다는 김슬기도, 부모가 이혼해 아빠를 따라갈 거라는 고성진도 보이지 않았다. 마음이 무거웠다. 특히 고성진은 초등학교 5학년 때 종이접기 교실에 함께 다녔었다. 나비를 잘 접었던 아이였다. 그 애한테 노랑나비를 선물 받기도 했었다. 책꽂이 한쪽에 붙여두었었는데 갑작스레 이사를 하는 통에 없어지고 말았다.

"세은아!"

무거운 걸음으로 자리로 돌아가는데 사라가 손을 덥석 잡았다. 온몸에 소름이 좌악 돋았다. 직접 손을 잡을 줄은 미처 생각지 못했었다.

"어, 왜?"

"이따 학교 끝나고 집에 갈 때 나랑 같이 가자!"

사라의 속셈이 뻔히 보여 손을 빼려했으나 사라는 더욱 세게 움켜잡고 놓아주지 않았다. 세은이는 놓아달라고 눈빛으로 애원하며 크게 되물었다.

"사라 너 학원 안 가?"

"나 학원 안 다녀! 세은이 넌 다녀?"

"응! 난 학원에 가야 돼! 엄마가 중1 종합반에 등록해줬어."

"그러니?"

거짓말로 대답하자 사라가 실망스런 눈빛으로 잠시 쏘아봤다. 세은이는 손을 간신히 빼내고 사라가 뭘 더 캐묻기 전에 얼른 자리를 피해버렸다. 자기 자리에 앉아서도 사라에게 잡혔던 왼손을 치마에 계속 문질러 닦았다. 그래도 찜찜한 기분은 좀체 없어지지 않았다.

적반하장

독서 감상문 때문에 마음이 조마조마했었는데, 다행히 담임 선생님이 2주일이나 연기해주었다. 거의 반 넘게 못 써온 아이들이 가지가지 핑계를 대며 강하게 연기 요청을 하자, 성격이 유순한 담임이 두 손을 든 것이었다. 2주일이면 충분히 쓸 수 있다고 판단한 세은이는 속으로 꽤나 기뻐했다.

개학 첫날이라 수업을 일찍 마치고 청소 담당 구역이 지정되었다. 대부분의 아이들은 교실, 복도, 화장실, 뒷마당 등 지정된 구역에서 열심히 청소를 했다. 그러나 사라는 어디에 갔는지 보이지 않았다.

담임 선생님의 청소 검사가 끝나자마자 세은이는 빠르게 교실을 빠져나가 뛰듯이 걸었다. 사라한테 걸리면 그 애의 가방을 들어다 줄 위험이 높기에 가능한 한 멀리 가야 했다. 걸음이 느린 사라가 따라오지 못할 만큼 아주 멀리. 그러나 교문을 나서 미처 백 미터도 못 갔을 때, 뒤에서 깨진 꽹과리 소리가 들려왔다.

"세은아! 세은아!"

사라였다. 창세기 윤사라가 고래고래 소리치며 뛰어오고 있었다. 흡사 불곰이 먹이를 쫓아 전속력으로 달려오는 모습이었다. 발로 인도 블록을 내딛는 소리가 쿵! 쿵! 쿵! 폭탄 터지는 소리 같았고 지진이 난 듯 땅이 다 흔들렸다.

"같이 가! 나랑 같이 가자고."

세은이는 못 본 척, 못 들은 척하고 더욱 빨리 걸었다. 그러자 사라의 목소리도 더욱 커져 천둥소리가 되었다.

"야, 오세은! 서! 거기 서!"

서지 않았다. 서지 않고 계속 앞으로 걸었다.

"안 서? 너 정말 안 서지? 응?"

슬쩍 돌아보니 팔을 내뻗어 손가락질을 하면서 협박을 서슴지 않았다. 세은이는 다니지도 않는 학원 핑계를 또 댔다.

"나, 빨리 학원 가야 해!"

"거짓말 마! 학원 그쪽 아니잖아? 서!"

대꾸도 하지 않고 서둘러 횡단보도를 건넜다. 그리고 걸음 속도를 한층 더 높였다.

"세은이 너, 어디 두고 보자!"

이빨 가는 소리를 끝으로 더 이상 사라의 목소리는 들리지 않왔다.

"하여튼 짜증 나는 애야! 하필 저런 애가……."

집에서는 엄마하고 동생 때문에 짜증, 학교에서는 사라 때문에 짜증, 말 한마디 없이 사우디로 가버린 아빠 때문에 또 짜증. 오나가나 짜증 나는 인생이었다. 아무도 없는 먼 곳으로 떠나고 싶었다. 태백산맥의 첩첩산중이나 남해바다의 무인도라면 좋을 것 같았다.

사라네 교회가 있는 초원아파트 입구를 지나 들깨밭에 이르자 한숨이 놓였다. 더위를 식히기 위한 손부채질을 해대며 천천히 걸었다. 걸으면서 주변 길을 살폈다. 아침 등굣길에 사라를 만나지 않고 갈 수 있는 다른 길이 없나 알아보기 위해서였다. 중간 중간에 골목길이 몇 개 있었으나 모두 학교로 통하는 길이 아니었다.

"뭐야, 이거? 그럼 학교를 이 길로만 오가야 하는 거잖아? 결론적으로 끔찍한 사라를 매일 만나야 되는 거고? 오! 마이 갓!"

실망감에 어깨가 축 처지고 걸음걸이가 휘청였다. 사라의 화난 얼굴이 눈앞에 어른거려 등골이 오싹하기까지 했다. 매일 사라를 피해 도망을 다녀야 하다니. 눈앞이 캄캄했다. 예전 아파트에 살 때는 엄마가 이따금 흰색 소나타로 학교까지 태워다 주곤 했었다. 그러나 이사 오기 전에 차를 팔아버리고 말았다. 더 이상 자가용을 탈 여건이 아니라는 것이었다. 아빠가 도대체 사업을 어떻게 했기에 이렇게 하루아침에 폭삭 망한 집이 되었는지. 생각할수록 아빠가 미웠다. 믿는 도끼에 발등 찍힌다는 속담이 바로 아빠를 두고 한 말이었다.

세은이는 들깨밭 둑으로 다가가 개구리를 찾았다. 혹시 개구리가 있으면 잡아다 사라의 책가방에 몰래 넣을 생각이었다. 그러나 보이지 않았다. 들쥐나 왕거미도 없었다. 밭둑 잡풀 속을 샅샅이 뒤졌는데도 발견하지 못했다.

"요즘은 농약이나 살충제를 많이 쳐서 개구리나 곤충들을 보기 힘들다더니 정말이네. 그래도 오가다 보면 언젠간 눈에 띄겠지. 꼭 한번 놀래켜 주고 말 거야. 기절을 할 정도로 크게. 1학기 때 그 창세기 윤사라 때문에 자존심 상했던 일을 생각하면 아직도 진절머리가 나!"

방향을 바꿔 도로로 나가려고 발을 한 걸음 내디뎠을 때였다. 들깨밭 속에 무언가가 눈에 띄었다. 세은이는 그 자리에 얼어붙은 듯 멈춰 섰다. 거리는 대략 이 미터. 들깻잎에 가려져 일부분밖에 안 보였지만 개구리가 분명했다.

"간절히 원하면 이루어진다더니, 저 길쭉한 주둥이하고 끔뻑이는 눈 좀 봐. 분명히 개구리야, 개구리!"

속으로 쾌재를 부른 세은이는 가만히 쪼그려 앉아 고개를 옆으로 약간 숙였다. 개구리 몸체가 반 넘게 보였다. 약 십오 센티미터 크기에 등은 밝은 녹색이었고 배는 노란색을 띠었다. 그리고 등 양쪽에 두 개의 굵고 뚜렷한 금색 줄이 나타나 있었다.

"으잉? 저, 저 금색줄? 그러면 저거 그, 금개구리 아냐?"

초등학교 때 생물도감에서 보았던 금개구리와 거의 똑같았다.

"아주 귀한 개구리라던데. 잡아야 돼! 꼭 잡아야 돼!"

세은이는 책가방을 벗어 풀밭에 두고 자세를 개처럼 취했다. 그런 다음 두 손으로 땅바닥을 짚으며 개구리를 향해 조금씩 조금씩 접근했다. 마치 생쥐를 노리는 들고양이처럼 아무 소리도 안 나게 최대의 주의를 기울였다.

"개구리야, 도망가지 말고 거기 그대로 있어! 너를 잡기는 하겠지만 죽이려는 건 절대 아냐. 나를 위해서 착한 일 한 가지만 해주면 돼!"

혼잣말을 작은 소리로 주문처럼 외우면서 오 분도 더 걸려 가까이 접근했다. 이제 손만 뻗으면 금방 개구리를 잡을 수 있는 거리였다. 오십 센티미터가 될까 말까였다.

"좋아! 이제 확실히 잡을 수 있어."

내일 사라가 자기 책가방을 열어보다가 개구리를 발견하고 뒤로 자빠져 기절을 하는 모습이 생생하게 그려졌다.

"으히히!"

상상만으로도 너무 기뻐 기절을 할 지경이었다.

"저 들깨 줄기가 방해가 좀 되기는 하지만 조준을 잘해서 빠르게 덮치면 백 퍼센트 성공이야."

세은이는 혀를 내밀어서 아래 위 입술에 침을 듬뿍 발랐다. 그리고 오른손 손바닥을 펴서 안쪽을 둥그렇게 하고는 최종 거리 가늠을 마쳤다.

"하나, 둘, 셋에 덮치는 거야."

심호흡을 하고 두 눈에 힘을 넣어 개구리에 초점을 맞춘 후 깜빡이지 않았다.

"하나! 둘! 셋! 얍!"

기합소리와 동시에 번개 같은 동작으로 손을 쭉 뻗어 개구리를 덮쳤다.

"아얏!"

실패였다. 들깨 줄기에 새끼손가락이 걸려 손가락만 삐고 말았다. 개구리는 펄쩍 뛰어 들깨밭 안쪽으로 들어가버렸다. 놓쳐버린 개구리를 잡기 위해 세은이는 들깨밭을 무릎으로 기어 다니며 한참을 찾았다. 하지만 개구리는 그림자도 보이지 않았다.

"아, 교복만 버리고 이게 뭐야? 아쉽지만 오늘은 일단 집에 가자. 다음에 더 큰 개구리가 나타날 거야."

책가방을 메고 도로로 나간 세은이는 집으로 가는 길로 접어들었다. 얼마쯤 올라가자, 24시 편의점 앞에 아이들이 몰려선 모습이 보였다. 예닐곱 명의 아이들 사이에 동생 예은이도 끼어 있었다.

"아니야. 그쪽으로 하면 안 돼! 이쪽으로 먼저 당겨야 해!"

예은이가 이렇게 해라 저렇게 해라 간섭을 하는 중이었다. 좋아하는 빨간 막대사탕을 입에 물고 쪽쪽 빨면서 감 놔라 배 놔라 떠들어 댔다. 목소리가 하도 커서 길거리에 쩌렁쩌렁 울렸다.

"아이 참! 내 말대로 해, 쫌!"

"저리 비켜! 네가 뭘 안다고 그래?"

"왜 몰라? 나 다 알아!"

예은이는 자기가 마치 전문가라도 되는 양 큰소리를 쳤다. 태도가 아주 당당했다.

"너 몇 학년인데? 난 5학년이야."

"나는 4학년이야."

인형 뽑기 기계를 작동하는 곱슬머리 남자 아이에게 또박또박 말대꾸를 해대며 한 치도 물러서지 않았다.

"4학년이 뭘 알아? 저리 가!"

"왜 몰라? 4학년이면 다 알아!"

그냥 두었다가는 싸움이라도 날 것 같은 분위기였다. 덩치가 큰 5학년 남자 아이의 인상이 험악하게 변했다. 여차하면 예은이를 강하게 밀쳐버릴 듯한 눈빛이었다.

모른 척하고 그냥 지나쳐갈까, 잠시 망설이던 세은이는 얼른 다가가서 예은이 손을 잡아끌었다.

"예은아, 이리 나와! 왜 남의 일에 참견하고 그래?"

"쟤가 엉터리로 하잖아? 저러면 저 판다곰 인형 못 뽑아! 돈만 날린다고."

"뽑든 말든 상관하지 마! 그 사탕 그만 버리고."

막대사탕의 빨간 색소가 입술에 잔뜩 묻어 쥐 잡아먹은 고양이 꼴이었다. 혓바닥까지 시뻘게져서 매우 흉측했다.

"이걸 왜 버려? 이제부터 제일 맛있어지는 끝부분인데."

"그거 불량식품이야. 엄마가 알면 너 혼나!"

"불량식품 아냐. 이렇게 맛있는데 뭐가 불량식품이야?"

또 우기기 시작했다. 한번 우겼다 하면 그 누구도 이길 수 없는 예은이였다. 완전 고집불통에다 벽창호에 막무가내였다. 엄마를 빼다 박은 성격이었다.

세은이는 예은이를 그냥 두고 혼자 집으로 갔다. 출입구로 들어서서 잠깐 걸음을 멈췄다. 그리고 우편함을 살폈다.

"혹시?"

하지만 우편함에는 통닭, 피자, 족발 등 광고전단지만 가득했다. 아무리 뒤져봐도 아빠한테 온 편지는 없었다.

"짧게라도 편지 한 통 정도 보내야 되는 거 아냐? 사우디로 간 지 벌써 몇 달인데!"

실망감을 안고 계단을 느릿느릿 올랐다. 아빠에 대한 서운함이 커서 마음이 무거웠다. 지난 2월 초등학교 졸업식과 3월 중학교 입학식 날에는 학교에 와주지도 않았고 선물도 없었다. 회사일로 제주시로 출장 갔다면서 4월 초에 돌아왔었다. 잘생기고 멋지고 자상하고 돈도 잘 번다고 학교에서 아빠 자랑을 입이 아프도록 했었는데. 말짱 헛소리가 되고 말았다.

집 안은 조용했다. 엄마도 없고 예은이도 없이, 오직 혼자 있다는 사실이 좋아 슬며시 미소를 지었다. 그러나 금방 인상을 찡그렸다.

"아, 저 설거지!"

주방 싱크대 수조 속에는 아침에 넣어 두고 간 그릇이 가득했다. 몸을 돌려 자기 방으로 간 세은이는 침대에 그대로 누웠다. 잠이 부족해서 잠부터 좀 자야 할 것 같았다. 설거지는 그 다음의 일이었다.

피곤이 쌓였던 탓에 세은이는 금세 깊은 잠속으로 빠져들었다. 약하게 코를 골고 잠꼬대까지 하면서 꿈나라를 헤맸다. 그러다가 캄캄한 밤, 끝도 없는 사막. 그곳에서 그만 길을 잃고 말았다. 설상가상 어둠 속에서 무언가가 조금씩 다가오고 있었다. 보이지는 않았으나 커다란 짐승 같기도 했고, 손바닥만 한 새 같기도 했고, 엄지손가락만 한 벌레 떼 같기도 했다.

엄마! 공포에 질린 세은이는 무작정 도망을 쳤다. 사방팔방 아무 쪽으로나 달리고 또 달렸다. 그러다 끝내는 지쳐 쓰러져 모래 위에 큰대자로 누워버렸다. 목이 말랐다. 불에 타는 듯이 목이 말라서 물을 찾았다. 그러나 손가락 하나 까딱할 수가 없었다. 물! 물! 누가 물 좀 주세요. 제발! 큰 소리로 외쳤다. 하지만 그 외침은 입 속에서만 맴돌 뿐 입 밖으로 나오지 못했다. 머리가 어지러웠다. 정신이 점점 희미해졌다.

아, 아빠! 나 좀 구해줘요! 아빠-! 의식이 완전히 사라지려 할 때, 몸이 흔들렸다. 쪽배라도 탄 것처럼 몸이 좌우로 자꾸 흔들렸다. 흔들림의 정도가 점차 세어지는가 싶더니 소름 돋는 짐승 울음소리도 들렸다. 그런데도 세은이는 자기 힘으로는 꼼짝을 할 수가 없었다. 그저 살려달라고 애원만 할 뿐.

"사, 살려줘! 살려줘! 아아–!"

사나운 짐승이 귀를 물어뜯었는지 귀가 너무 아팠다. 그 아픔 때문에 눈을 번쩍 떴다.

"일어나, 빨리!"

동생 예은이가 귀를 잡아당기고 있었다. 힘을 주어 아주 세게 당겼다.

"죄를 지은 건 알긴 아나보네! 살려달라고 잠꼬대를 하는 걸 보니."

엄마도 옆에 서 있었다. 세은이는 오만상을 지으며 일어나 앉았다. 여태 엄마하고 예은이가 소리를 지르고, 몸을 흔들고 하면서 깨웠던 모양이었다. 그 소리를 짐승 소리로 착각을 한 것이 분명했다.

"지, 지금 몇 시나 됐어?"

"열 시 넘었어!"

세상에! 그러면 일곱 시간이나 내리 잔 것이었다. 정말로 사막을 헤맨 것처럼 다리가 뻐근하고 이마에는 땀이 맺혀 있었다.

"세은이 너, 예은이 똑바로 살펴봐!"

"예은이가 뭐? 헉!"

엄마의 말에 예은이를 살피던 세은이는 짧은 비명을 내질렀다. 그와 동시에 두 눈을 왕방울만 하게 떴다.

"너, 꼬, 꼴이 왜 이래?"

얼굴이 피범벅이었다. 그리고 옷 앞섶도 피로 온통 도배를 한 상태였다.

"넘어져서 코피가 났던 거야?"

"아니!"

"그럼 왜 이렇게 된 거야?"

자세를 고쳐 앉아서 다시 예은이를 살폈다. 얼굴뿐만 아니라 양쪽 손도 시뻘건 피로 물들어 있었고 피비린내가 확 풍겼다.

"맞았단 말야!"

"맞아? 누구한테?"

"몰라!"

예은이가 고개를 돌려버리자, 엄마가 의심의 눈초리로 쳐다봤다. 얼음화살을 쏘듯 눈빛이 아주 싸늘하고도 날카로웠다.

"난 아니야. 난 예은이 때린 적 없어!"

세은이는 절대 안 때렸다고 손사래를 쳤다. 그래도 엄마는 의심의 눈빛을 거두지 않았다. 오해를 풀기 위해서는 해명을 해야만 했다.

"학교에서 오다가 편의점 앞에서 막대사탕 사 먹고 있는 예은이를 봤어. 그래서 그거 먹으면 엄마한테 혼난다고 말하고, 곧장 집으로 와서 여태 잤어. 정말이야!"

"예은아, 언니 말 정말이야? 대답해봐!"

"으, 응!"

"막대사탕 사 먹은 것 정말이야?"

"응!"

예은이가 엄마 눈치를 보며 기어 들어가는 목소리로 대답했다. 엄마가 목청을 높였다,

"뭐? 그 불량식품을 사 먹었단 말이야? 엄마가 그거 절대 사 먹지 말라고 했지?"

"……!"

"이것들이 아주 정떨어지는 짓만 골라서 하고. 그러면 대체 누구한테 맞은 거야?"

엄마가 다그쳐 물어도 예은이는 대답하지 않았다. 꿀을 훔쳐 먹다가 입술이 붙었는지 개구리처럼 입을 꾹 다물고 두 눈만 끔뻑였다.

"너, 혹시 그 5학년 남자애한테 맞은 거 아니니?"

"5학년 남자애? 걔는 또 누구야?"

"아까 편의점 앞에서 인형 뽑기 하던 남자애가 있었는데, 예은이가 자꾸 간섭하며 간죽거렸어!"

세은이는 엄마한테 그 당시의 상황을 대충 설명했다.

"내가 언제 간죽거려? 그냥 판다곰 뽑는 방법을 알려준 거지!"

"아무튼, 걔한테 맞은 거야?"

엄마가 다시 다그쳐 물었다. 예은이가 가볍게 고개를 끄덕거

렸다.

"너는 언니가 돼가지고 동생을 집으로 데리고 왔어야지. 거기서 이렇게 맞아서 피투성이가 되어 혼자 오게 해? 그게 정상이야?"

엄마의 추궁 화살이 자신에게 날아들자 세은이는 너무 황당해서 대꾸할 말을 잊었다. 그저 입을 헤벌린 채 엄마와 예은이를 번갈아 쳐다볼 뿐이었다.

"동생이 저렇게 피범벅으로 훌쩍이고 있는데 잠이나 쿨쿨 자고. 설거지도 해놓지 않고."

"내가 집에 가자고 했는데 예은이가 싫다고 그랬어!"

"싫다고 그랬어도 데리고 왔어야지. 어린 것이 코피를 철철 흘리면서 집에까지 걸어오느라 얼마나 무서웠겠어? 쯧쯧!"

엄마는 혀까지 끌끌 차면서 예은이를 토닥였다. 정말 너무 어이가 없어서 머릿속이 텅 비어버렸다. 마음속에서, 엄마 미워! 하는 소리가 메아리쳐 울렸다.

"엄마! 나 혼자 오지 않았어."

"뭐? 그럼 누구랑 왔어? 이 아파트에 네 친구 살아?"

"아니! 사라 언니가 데려다 줬어. 언니 친구."

"뭐어? 사라가?"

세은이는 사라라는 말을 듣자 깜짝 놀랐다. 사라라니? 사라가 데려다 주다니? 도통 이해가 되지 않아 예은이 어깨를 잡고 추궁했다.

"사라? 사라가 어떻게? 자세히 말해봐!"

"5학년 애가 나를 때리는데 사라 언니가 나타나서 구해줬어. 그 애를 혼내주고서 나를 데리고 교회로 가서 씻겨줬어. 그리고 먹을 것도 주고. 또 그 애가 때릴까 봐 우리 아파트까지 같이 와주고."

도무지 믿어지지가 않았다. 사라가 그랬을 리가 없었다. 예은이가 거짓말을 하고 있는 게 분명했다. 만약 사실이라면 사라가 무슨 꿍꿍이를 품고 그랬을 것이었다. 예은이 얼굴을 꼼꼼히 살펴보며 다시 물었다.

"씻어줬다면서 얼굴에 피는 왜 그대로야?"

"몰라! 집에 왔더니 언니가 자고 있어서 나 혼자 텔레비전 보는데, 코피가 또 났어!"

"그 5학년 애 아무래도 안 되겠다. 세은이 네가 내일 학교 가서, 그 애 5학년 몇 반 누군지 자세히 알아갖고 와! 혼을 내주게."

엄마는 팔까지 걷어붙이고 콧김을 씩씩 내뿜었다. 언젠가 텔레비전에서 봤던 청도 싸움소로도 보였다.

세은이는 아무래도 예은이의 눈빛이 수상했다. 뭔가를 숨기고 있는 눈치였다. 넌지시 떠 짚었다.

"그런데, 처음에 걔가 왜 널 때린 거야? 걔가 다짜고짜 네 코를 후려쳤어?"

"그게 저……"

"그 꼽슬머리 애 순하게 생겼던데? 나쁜 애 같지 않던데? 사실대로 말해봐!"

"음. 그 애가 간섭하지 말고 가라면서 나를 자꾸 밀었어! 그래서……."

말을 더듬거리는 걸 보니 분명 숨기는 게 있었다. 더욱 깊이 파고들었다.

"그래서? 좀 더 자세히 말해봐!"

"그래서, 내가 먼저, 그 애 손등을 꽉 깨물었어!"

"뭐어? 그럼 그 애도 다쳤어?"

"응! 그 애도 피가 좀 났어."

기가 막혔다. 너무나 기가 막혀서 머리를 한 대 쥐어박고 싶었다. 엄마만 옆에 없었다면 진짜 한 대 때렸을 것이었다.

"그럼 네가 먼저 잘못한 거잖아?"

"아냐! 난 잘못한 거 없어."

"나 참 기가 막혀서. 야, 우길 걸 우겨! 네가 잘못한 거야."

목소리를 높여 질책하자, 오히려 예은이가 눈을 부라렸다. 완전 적반하장이었다.

"언니는 왜 동생 편을 안 들고 그 꼽슬머리 편을 들어?"

"동생이라고 무조건 편을 들어주니? 난 그렇게 못해!"

"그게 무슨 소리야? 언니면 무조건 동생 편을 들어주는 게 정상적인 거지! 제 동생을 때리는 남의 편을 드는 게 정상이야?"

엄마가 나서서 예은이를 두둔했다. 세은이는 항의의 뜻으로 엄마를 노려봤다. 아까 엄마가 그랬던 것처럼 싸늘하고 날카로운 눈빛 화살을 마구 쏘았다.

"동생이 잘못했는데도 편을 들어? 난 그렇게 안 해!"

"이런 못된 것! 하나밖에 없는 동생도 못 돌보고서 뭘 잘했다고 큰소리야? 다른 집 애는 동생이 셋인데도 잘만 돌보더라."

엄마는 인격모독에 인신공격까지 서슴지 않았다. 세은이는 입술을 아프게 깨물었다. 금세 양쪽 눈에 눈물방울이 맺혔다.

"예은아, 너도 언니 편 절대 들어주지 마!"

엄마가 팩 돌아서더니 예은이를 데리고 나갔다.

잠시 후 목욕탕에서 예은이를 씻겨주는 소음이 났다. 그러다 또 둘이 티격태격 말싸움하는 소리가 이어졌다.

"그런 불량사탕 사 먹지 마! 남의 일에 참견하지 말고."

"그 사탕이 젤 맛있는데 어떻게 안 사 먹어? 그리고 참견하는 게 아니고 알려주려고 하는 거야."

"우기지 말고 엄마 말대로 해!"

"나 우기는 거 아냐!"

"이게 또? 니가 알아서 씻어! 엄마 피곤해 죽겠어!"

신경질을 부리며 목욕탕을 나온 엄마가 안방으로, 쿵쿵쿵! 들어갔다. 곧, 꽝! 폭탄 터지는 문소리가 귀청을 떨어뜨렸다. 목욕탕에서는 예은이가, 엄마! 엄마! 고함을 치고. 전쟁터가 따로 없었다. 정말 집이 싫었다. 가족도 싫었다.

악마의 손

다음날 아침, 등교 채비를 마친 세은이는 현관에서 신발을 신다가 말고 도로 벗었다.

"예은아, 너 먼저 가! 난 화장실에 들렀다 뒤따라갈게."

"알았어."

예은이가 집밖으로 나가자 세은이는 벽시계를 보고 있다가 정확히 십오 분 후에 집을 나섰다. 십오 분이면 예은이가 사라네 아파트 앞까지 갔을 시간이었다. 까딱하면 지각을 할 수도 있기에 걸음 속도를 높였다. 하지만 사라네 아파트가 가까워지자 자신도 모르게 걸음 속도가 낮아졌다.

"설마 둘이서 나를 기다리고 있지는 않겠지!"

혹시 몰라 주변을 살피며 천천히 걸음을 옮겼다. 사라가 어디 숨어 있다가 튀어나올까 봐 가슴이 두근거렸다.

"휴—!"

우체국 앞 교차로를 건너 백 미터 정도 더 갔으나 사라도 예은이도 보이지 않았다. 다행이었다.

"아, 이런!"

수업 시작종이 울리기 십 분 전이었다. 지각을 할 것만 같은 불안감에 세은이는 달리기 시작했다. 인도에는 학교로 향하는 중학생들이 거의 없었다. 저 앞 멀리 띄엄띄엄 몇 명이 보이기는 했으나 이백 미터 이상 거리 차이가 났다.

"재수 없게 화장실 청소 걸리겠다. 더 빨리!"

이마에 땀이 나도록 부지런히 뛰어 지각을 가까스로 면했다. 교문을 통과하고 2층으로 올라 교실에 들어서자마자 1교시 시작종이 울렸다.

"와! 오세은. 박수 박수!"

출입문 앞에 잠시 서서 숨을 헐떡이며 서 있는데 아이들이 박수를 쳐댔다.

자동으로 사라한테 시선이 갔다. 사라와 눈길이 딱 마주쳤다. 사라가 독기 서린 시퍼런 눈빛을 뿜어대고 있었다. 등골이 오싹했다. 시선을 돌린 세은이는 죄 지은 사람처럼 고개를 푹 숙인 자세로 걸어서 자기 자리로 가 앉았다.

"너 지각할 뻔했구나?"

짝 현아가 걱정하는 목소리로 물었다.

"응!"

"저 위 동산아파트로 이사 갔다더니 거리가 멀어서 그랬구나?"

"어? 어떻게 알았어?"

"아까 사라가 네 얘기 한참 떠들어서 우리 반 애들 다 알아!"

세은이는 너무 창피해서 참숯불에 덴 듯 얼굴이 화끈거렸다. 그걸 공개적으로 떠벌리다니? 쥐구멍이라도 있었으면! 창피함뿐만 아니라 분노도 치솟아 이빨을 바드득 갈았다. 당장 사라에게 쫓아가 욕설을 퍼붓고 머리채를 움켜잡고 싶었다. 하지만 용기가 나지 않았다. 이러지도 못하고 저러지도 못한 채 입술을 깨물고 있던 세은이는 그대로 책상에 엎드리고 말았다. 차마 고개를 들고 있을 수가 없어서였다. 그러나 그것도 오래 가지 못했다. 앞문이 열리고 성질이 깐깐한 수학 선생님이 들어왔기 때문이었다.

세은이는 쉬는 시간에 다시 책상에 엎드렸다. 아이들이 손가락질하며 수군거리는 것 같아 그 자세로 죽은 듯이 있었다. 눈을 감고 어서 빨리 하루가 지나가기를 빌고 또 빌었다. 하지만 시간은 아주 지루하게 흘렀다. 사라가 와서 시비를 걸까 봐 뒤통수가 자꾸 따끔거렸다. 그런데 웬일인지 오지 않았다. 속으로 백까지 세었는데도 나타나지 않았다. 목소리가 들리지 않는 것으로 보아 아마 화장실에 간 모양이었다.

2교시 수업 준비를 하려고 가방에서 영어책을 꺼내 책상에 올렸을 때였다.

"아야!"

갑자기 오른쪽 옆구리가 따끔해서 비명이 터져 나왔다. 고개를 돌려보니 사라가 서 있었다. 사라가 몰래 다가와 손가락으로 옆구리를 세게 찌른 것이었다. 그래 놓고 검지를 창처럼 뾰족하게 내민 채 씨익 웃었다. 세은이는 사라의 손길이 송충이가 닿는 것보다 더 싫어 몸서리를 쳤다.

"왜 그래?"

"세은이 너 나한테 거짓말했지?"

"무슨 거짓말? 나 거짓말한 적 없어!"

강하게 부정하자 사라가 검지를 더욱 빳빳이 세워보였다. 여차하면 한 번 더 찌르겠다는 협박이었다. 사라 손을 보자 온몸에 소름이 돋으며 머리카락이 쭈뼛 섰다. 어른 손만큼 크고 퉁퉁한데다 색깔이 약간 거무스름하고 서너 개 흉터까지 나 있는 게 영 꺼림칙했다. 더욱이 손가락 자체가 길고 손톱도 길어 어찌 보면 마귀할멈의 손 같았다. 다른 아이들은 몰라도 세은이는 지난 4월부터 사라의 손을 악마의 손으로 생각하고 있었다. 이미 널리 알려진 '창세기'라는 별명에 직접 '악마의 손'이라는 별명을 하나 더 지어 붙였었다.

"너, 어제 나한테는 학원에 간다고 그랬잖아?"

"학원에 갔었어!"

"정말?"

사라가 눈을 부라렸다. 속이 켕겼으나 세은이는 크고 분명하게 대답했다.

"그래. 정말이야."

"이게……."

"아아–!"

사라가 아까보다 훨씬 세게 옆구리를 찔렀다. 비명 소리에 아이들 시선이 모두 세은이와 사라에게 집중되었다. 사라가 더욱 목소리를 높여 훈계조로 말했다.

"거짓말하지 마! 거짓말이 얼마나 나쁜지 알아? 우리 아빠가 거짓말하는 사람은 악마의 자식이랬어. 그리고 나중에 죽어서 지옥 불에 떨어진댔다고. 성경에 다 나와."

"거, 짓말 아, 아……."

어찌된 이유인지 목소리가 작게 더듬더듬 나왔다. 게다가 다 말하지도 못하고 마지막에는 입이 다물어졌다. 악마의 자식이라는 사라의 말이 귓속에서 윙윙거렸다.

"아까 학교 오면서 네 동생 예은이가 다 말해줬어. 너 학원에 안 다닌다고 하더라. 그리고 그 동산아파트도 너네 친척집도 아니고, 임시로 잠깐 있는 것도 아니고."

숨기고 싶은 사실을 사라가 줄줄이 늘어놓았다.

"휴대폰도 없애고 인터넷도 안 되고, 차도 없어서 걸어 다니고……."

"그만해!"

소리를 버럭 지르자 사라가 깜짝 놀라라 뒤로 한 발 물러섰다. 그러나 혀 놀림을 멈추지는 않았다.

"너네 아빠 사업이 망해서 외국으로 돈 벌러 갔다며? 너네 엄마도 돈 벌러 아침 일찍 서울로……."

"아, 그만―!"

크게 소리침과 동시에 세은이는 두 손바닥으로 양쪽 귀를 틀어막아버렸다.

4교시 수업 마침 종이 울리고 점심시간이 되자마자 세은이는 교실을 빠져나갔다. 교무실에서 배가 너무 아파 죽을 것 같다는 꾀병으로 담임한테 조퇴 허가를 받았다. 정문이 아닌 후문으로 학교를 벗어나 큰길을 따라 무작정 걸었다. 집으로 가는 방향이 아닌 반대 방향이었다. 학교에 있고 싶지도 않고 집에도 들어가고 싶지 않았다.

"예은이 그 못된 것이 악마의 손한테 미주알고주알 다 고해바쳤어. 나쁜 것! 바퀴벌레 같은 것!"

동생이 원망스러워 눈동자에 눈물이 글썽였다. 옆에 있었으면 동생을 흠씬 두들겨 패야 화가 좀 풀릴 것 같았다.

"에잇! 에잇!"

세은이는 화풀이 삼아 일정한 간격으로 서 있는 어린 은행나무 가로수를 발로 뻥뻥 차며 걸었다. 발길에 차인 은행나무는 가지를 부르르 떨며 작은 녹색 잎을 몇 장씩 차도로 떨어뜨렸다. 큰길에는 수많은 차들이 달리고 있었다.

횡단보도를 건너고 지하도를 통과하고 작은 언덕을 넘어 한 시간 넘게 가자 안양천이 나왔다. 햇빛이 나지 않은 흐릿한 날씨라 땀은 흘리지 않았으나 다리가 아프고 목이 말랐다. 세은이는 안양천 둔치로 내려가서 풀밭에 주저앉았다. 잠깐 쉬었다가 또 아무 방향으로든 걸어갈 생각이었다. 풀밭 옆에 제법 잘 조성해 놓은 농구장이 있었지만 사람 한 명 없이 텅텅 빈 상태였다.

"어? 이게 그거네?"

손바닥에 닿는 부드러운 촉감에 세은이는 그제야 자기가 앉아 있는 녹색 풀밭이 토끼풀밭임을 알아챘다. 토끼풀이 넓게 양탄자처럼 펼쳐져 있었다. 토끼풀을 보니 초등학교 4학년 1학기 때 가족 모두 물왕저수지로 놀러갔던 일이 떠올랐다. 아빠는 저수지에서 낚시를 하고 세은이는 엄마와 예은이랑 셋이서 네잎클로버 찾기 시합을 했었다. 엄마의 제안으로 시작한 행운의 네잎클로버 찾기. 삼십 분 정도 진행된 시합에서 역시 엄마가 가장 잘 찾아 세 개를 발견했고 예은이도 한 개를 찾았었다. 하지만 세은이는 끝내 한 개도 찾지 못했다. 나중에 엄마가 행운을 골고루 나누자며 아빠에게 한 개 세은이에게도 한 개를 나눠주어 가족 모두 한 개씩 갖게 되었다. 하지만 세은이는 자신이 직접 찾지 못한 것 때문에 기분이 내내 좋지 않았다.

"행운의 네잎클로버 한번 찾아볼까!"

자세를 고쳐 쪼그려 앉은 세은이는 네잎클로버를 찾기 시작했다. 두 눈을 부릅뜨고 풀밭을 열심히 뒤졌다. 십여 분 동안 눈물이 날 정도로 찾았지만 네잎클로버를 발견할 수 없었다.

"그렇지 뭐. 나한테 무슨 행운이 있겠어? 중학생이 되자마자 아빠 사업이 망하고, 큰 아파트를 팔고 거지같은 소형 아파트로 이사하고, 밥 설거지 청소 빨래도 도맡고, 중학생이 되면 마음씨 착하고 예쁜 새 친구를 만나길 바랐는데 윤사라 그 끔찍한 악마의 손을 만나고……."

꼽아 보니 모두가 행운이랑은 정반대인 불운한 것들뿐이었다. 그 불행이 자기한테 한꺼번에 닥쳤다는 사실에 몹시도 화가 났다.

"남들은 다 행복한데 나 혼자만……. 에이 씨!"

세은이는 양손으로 토끼풀을 한 움큼씩 잡아 뜯어 허공에 마구 뿌렸다. 그러다가 벌떡 일어나서 세게 짓밟았다. 토끼풀을 다 밟아 없애버리기라도 하겠다는 듯 조금씩 자리를 이동해가면서 그 동작을 멈추지 않았다. 세은이의 하얀 운동화가 짓이겨진 토끼풀 부스러기가 묻고 즙이 배어 금세 녹색으로 변했다.

"학생! 지금 뭐하는 짓이야?"

고함 소리에 놀라 동작을 멈추고 고개를 돌렸다.

산책로에 자전거를 탄 아저씨가 서 있었다. 머리에 청색 헬멧을 쓰고 검은 선글라스를 낀 모습이었다.

"뭐하는 짓이냐고?"

"그, 그냥 저……."

"너 어느 학교 학생이야? 어디 살아? 이리 나와 봐!"

청색 헬멧 아저씨가 자전거를 세워두고 다가오려고 했다.

세은이는 그곳에서 잽싸게 도망쳤다. 농구장을 가로질러 둑길로 올라간 후 전속력으로 뛰었다. 이마에 땀이 나도록 달려가 멈췄더니 안양역이었다. 주머니를 뒤졌다. 천 원짜리 지폐한 장과 백 원짜리 동전 여섯 개가 나왔다. 가방을 벗어 속을 살폈다. 천 원짜리 지폐 두 장이 추가로 나왔다.

"무조건 타고 가보는 거야."

표를 끊고 플랫폼으로 내려가서 서울 방향으로 가는 전동차를 기다렸다.

곧 전동차가 도착하고 문이 열렸다. 안에 있던 사람들이 한꺼번에 몰려 내렸고 밖에 있던 사람들이 앞다퉈 올라탔다. 사람들을 헤집고 안쪽으로 들어간 세은이는 겨우 손잡이를 골라잡았다. 오후 네 시의 전동차 안은 생각보다 사람들이 많았다. 빈자리가 없어 서 있는 사람들이 시루 속 콩나물처럼 빽빽했다.

안양역을 떠난 전동차는 가속도가 붙어 점점 빠르게 달렸다. 그에 따라 근접한 창밖 풍경 또한 신속히 사라져버렸다. 총천연색의 풍경이 짓뭉개져 하나로 뒤섞이며 기다란 회색 띠로 변해 연이어 뒤로 밀려났다. 그 모습을 보니 세은이는 마치 다른 세계로 날아가는 듯한 기분이 들었다.

관악역, 석수역, 금천구청역, 독산역 등. 한 역 한 역 지날 때마다 집에서, 학교에서 멀어진다는 게 느껴져 좋았다. 딱히 갈 곳은 없었다. 그러나 어디든 집보다, 학교보다는 나을 것 같았다.

"집도 지옥! 학교도 지옥! 그 두 곳만 아니면 아무 데든 다 좋아!"

전동차는 가산디지털단지역, 구로역, 신도림역을 지났다. 그리고 몇 분 후 안내 방송이 흘러나왔다.

"다음 역은 영등포역입니다. 영등포역에서 내리실 손님은 미리미리……."

영등포역이라는 소리를 듣는 순간 세은이는 귀가 번쩍 뜨였다.

"영등포역? 엄마가 영등포역 건너편 골목에서 일한다고 그랬었는데."

엄마가 도대체 무슨 가게에서 무슨 일을 하는지 알아보고 싶었다. 얼마나 대단한 일을 하고 집에 오기에 그리도 피곤해하며 매사에 짜증을 부리는 건지, 직접 두 눈으로 확인하고 싶었다. 전동차가 영등포역에서 멈추자 서둘러 내린 세은이는 역 밖으로 나갔다. 역 밖은 예상보다 사람들이 많고 거리가 복잡했다. 백화점을 비롯한 고층 빌딩들도 많았다.

"역 건너편이라면 저쪽인 것 같은데?"

일단 사람들이 가장 많이 서 있는 횡단보도로 간 후 신호가 바뀌자 사람들을 따라 건넜다. 인도에 줄지어 늘어선 행상 리어카를 몇 개 지나자 우측으로 첫 번째 골목길이 나타났다. 그리로 들어가서 엄마를 찾기 시작했다. 골목 양쪽에 끝없이 이어진 점포를 하나하나 살폈다. 하지만 점포가 너무 많았다. 건물 1층뿐 아니라 2층과 3층에도 점포가 있어서 다 살피는 건 불가능해보였다.

"1층 점포들만이라도 훑어보자."

그러나 그것도 잠시, 골목길이 거미줄처럼 연결되어 있었고 골목길마다에는 각종 점포가 가득 들어 있었다. 게다가 시간이 지날수록 사람들이 점점 많아져 어떤 골목은 지나가기조차 어려웠다.

미로 같은 골목을 이리저리 몇 시간을 돌며 수백 개 점포들을 살폈지만 엄마와 비슷한 사람조차 발견할 수 없었다.

"도저히 못 찾겠다."

약국 안에 걸린 벽시계를 보니 오후 여덟 시가 가까워지고 있었다. 발목이 아프고 장딴지가 쑤셨다. 더욱이 배가 고파 한 걸음을 떼어놓기가 바위를 옮기는 것보다 더 무거웠다.

"큰길로 나가자."

어렵사리 큰길로 빠져나온 세은이는 여러 리어카 행상들 중에 한 곳으로 다가갔다. 핫도그라도 하나 사 먹어야지 힘이 날 것 같았다.

천 원짜리 핫도그를 하나 사들고 은행나무 가로수 밑에 쪼그려 앉았다. 다리가 아프고 배가 고프니까 창피한 줄도 모르고 그곳에서 핫도그를 우걱우걱 씹어 먹었다.

"응? 맛이 왜 이래?"

오래된 기름에 튀겼는지 핫도그에서 쩐내가 나고 느끼해 목구멍으로 잘 넘어가지 않았다. 그래도 버릴 수가 없어서 꾸역꾸역 다 먹었다. 집에서 끓여 먹던 라면 생각이 났다. 약간 신김치를 반찬으로 라면을 건져먹고 나중에는 국물에 찬밥을 말아…… 생각만으로도 입안에 군침이 홍수를 이뤘다.

인도를 오가는 사람들이 힐끔거리는 것 같아 세은이는 차도 건너편 유난히 불빛이 환한 곳으로 갔다. 타임스퀘어라는 곳으로 꽤 멋지게 꾸며놓은 장소였다. 그곳 입구 매끈하게 다듬어진 돌 위에 앉아 지나가는 사람들을 살폈다. 젊은 사람들이 많이 모이는 곳이라 거리가 활기에 차 있었다. 잘 차려입은 또래 여자애들도 꽤 보였다. 하나같이 밝고 즐거운 표정이었다. 부러운 눈으로 그들을 바라보았다. 사람들은 모두들 어딘가로 가고 있었다. 친구들과, 가족들과, 직장동료들과 함께 어울려 재잘재잘 떠들고 하하호호 웃으면서 즐거운 시간을 보내고 있었다.

"나는 어디로 가지?"

이미 하늘은 캄캄해졌는데 아무리 생각해봐도 갈 곳이 없었다. 돈도 없었다.

침울한 기분으로 이리저리 건성으로 시선을 돌렸다. 앞쪽 상가들에 빈틈없이 걸린 각양각색의 간판들이 시야에 잡혔다. 삼겹통일, 독도수산, 참치나라, 꿈꾸는 다락방, 통큰오리, 소양강장어, 평양물냉면, 대구막창, 광주떡갈비, 왕장군족발. 우스운 것들도 많았다. 일단컵인, 올꺼말껴, 떡도날드, 닭큐멘터리, 놀랄만두, 잘구어보세. 세은이는 씁쓰레 웃으며 손을 복부에 댔다. 체한 것처럼 명치께가 거북하고 아랫배가 묵직했다. 조금이나마 가라앉히려고 손바닥으로 배를 문지르려는 순간,

"야! 너 혼자 있는 거야?"

사복 차림의 여학생 두 명이 다가오더니 물었다. 중3쯤으로 보였다.

"예. 왜 그러는데요?"

"너 갈 데가 없어서 여기 있는 거지?"

"그게 저……."

"집 나왔구나? 우리 따라갈래? 잠자리도 제공하고 용돈도 벌게 해줄게."

말투며 옷차림이 불량스런 언니들이었다. 그들 뒤 저만치에는 일행으로 보이는 남자 세 명이 껌을 질겅질겅 씹으면서 이쪽을 지켜보고 있었다. 고1이나 고2 정도 돼 보이는 남학생들로 역시 허름한 사복 차림이었다.

지난 1학기 때 학교에서 봤던 '청소년 가출의 위험성'이라는 교육용 비디오가 기억났다. 덜컥 겁이 난 세은이는 일어나서 다른 곳으로 이동했다. 그러나 여학생 둘은 계속 따라오며 치근거렸다. 남학생 세 명도 일정한 거리를 두고 쫓아왔다. 비디오에서 본 대로 데려가서 나쁜 짓을 시키려는 사람들 같았다. 친절을 가장해서 접근하는 사람들은 남녀노소불문 십중팔구 나쁜

의도로 그러는 거라는 설명이 귓속에 메아리쳐 울렸다.

"너 집 나와서 갈 데 없잖아? 우리랑 가! 우리가 편하고 재 밌게 살게 해줄게."

"저는 집 나온 게 아니고, 엄마 기다리는 거예요."

"엄마?"

"예. 엄마가 이 근처에서 일하시는데 퇴근하고 여기서 만나 기로 했거든요."

그 말이 저절로 터져 나왔다.

"정말?"

"정말이에요. 만나서 백화점 가기로 했어요. 가을 옷 사러 요."

수상한 언니들이 의심의 눈빛으로 살피다가 저만치 가버리자 세은이는 서둘러 그곳을 벗어났다. 그러고는 멀리 보이는 영등 포역을 향해 빠르게 뛰었다. 뛰면서 되짚어 생각하니 아까 건 너편 골목길을 헤맬 때도 장발머리 청년과 파머머리 아줌마가 슬금슬금 뒤를 따라왔던 것 같았다. 턱이 덜덜 떨렸다.

"나쁜 사람들이 곳곳에 도사리고 있다더니. 오늘은 일단 돌 아가자!"

안양역에서 내린 세은이는 아까 왔던 길을 되돌아갔다. 돈 이 모자라 버스를 탈 수가 없었기 때문이었다. 손에 든 동전을 아무리 세어 봐도 이백 원이 모자랐다. 겨우 이백 원이 없어서 집에까지 그 먼 거리를 걸어갈 생각을 하니 눈앞이 캄캄했다.

하지만 어쩔 도리가 없었다. 물왕동에 이르렀을 때 빗방울이 하나둘 떨어지더니 연성교차로를 통과할 때는 제법 많이 내려 금세 온몸이 흠뻑 젖어버렸다.

"아, 이게 뭔 꼴이야? 이게 다 엄마 때문이야. 예은이 때문이고. 또 사라 그 악마의 손 때문이야. 씨!"

천신만고 끝에 동산아파트 입구에 도착해서 집을 올려다보니 눈물이 주르륵 흘렀다. 조심조심 계단을 올라가서 현관문을 살며시 열었다. 예은이가 기다리고 있었던 듯 득달같이 달려왔다.

"언니, 지금이 몇 신데 이제 오는 거야? 열두 시야. 밤 열두 시!"

"응! 저 친, 친구네 집에서 독후감 숙제하다가……."

"꼴은 그게 또 뭐야? 홀딱 젖어가지고?"

"오다가 비 맞았어. 엄마는 아직 안 왔니?"

엄마 목소리가 들리지 않는 걸로 보아 엄마는 아직 안 돌아온 모양이었다. 안도의 한숨을 내쉬고 신발을 벗었다.

"엄마 아까 와서 피곤하다고 쿨쿨 자!"

"그래? 그럼 목소리 낮춰! 엄마 깨지 않게. 엄마가 나 안 찾았지?"

"안 찾았어! 오늘 손님이 많아서 너무 피곤하다면서 씻지도 않고 그대로 쓰러져 자더라고."

자기를 찾지도 않았다는 대답에 세은이는 눈물이 핑 돌았다. 그렇지 뭐! 내가 집에 있거나 없거나 관심이 없겠지! 준비를 갖추고 있다가 기회가 오면 다시 가출을 하기로 마음먹은 세은이는 자기 방으로 들어갔다. 예은이가 병아리처럼 쪼르르 따라왔다.

"친구 누구네 집에 갔었는데?"

"너는 몰라도 돼. 나가! 나 옷 갈아입어야 해."

"갈아입어. 누가 못 갈아입게 했어?"

동생의 어이없는 대꾸에 세은이는 잠시 어안이 벙벙했다.

"네가 나가야 갈아입지!"

"있음 어때? 같은 여자끼린데."

"그래도 난 싫어!"

가슴팍을 밀치자 예은이가 문고리를 잡고 버텼다.

"너 오늘 아침 학교 가다 사라한테 별거 별거 다 말해줬지? 내 얘기랑 우리 집 얘기랑 다."

"다는 아니고 묻는 것만 솔직하게 말해줬어."

"그걸 왜 말해줘? 그냥 모른다고 하지!"

화가 치밀어 목소리가 날카로운 쇳소리로 변해서 나왔다. 표정도 마귀할멈처럼 변했다.

"그 언니가 거짓말하면 지옥 간다고 솔직하게 말하라고 그래서."

"지옥이 어딨어? 괜히 하는 소리지."

"그러면 거짓말해도 되는 거야, 언니?"

그렇게 물으니 할 말이 없었다. 세은이는 예은이를 매섭게 노려봤다. 눈에서 시퍼런 불이 이글이글 타올랐다. 그러다 아까보다 더 세게 밀어버렸다. 문고리를 놓친 예은이가 뒤뚱뒤뚱 뒷걸음을 치다가 뒤로 벌렁 넘어졌다.

보라색 나팔꽃

오늘 세은이는 정말 몸이 불편해서 학교에 가지 않았다. 어젯밤에 비를 흠뻑 맞고 돌아왔더니 여름 감기에 걸린 모양이었다. 점심때 일어나서 간단히 점심을 먹고 다시 침대에 누웠다. 몸이 불편한 건 나아졌으나 마음은 더욱 울적해졌다. 한참 동안 천장만 바라보며 갖가지 생각에 잠겨 있던 세은이는 벌떡 일어났다. 울적한 마음을 가라앉히려고 노트를 뜯어 종이접기를 했다. 이것저것 되는 대로 접었다. 학, 토끼, 거북이, 강아지, 공작새를 차례로 접어 책상 위에 늘어놓았다. 책상 위는 금방 동물원이 되었다. 그러나 마음은 여전히 울적하고 가슴은 답답했다.

"날씨는 왜 이렇게 더운 거야? 짜증 나게."

기온마저도 높아 답답함을 부추겼다. 시원한 에어컨이 있던 예전의 큰 아파트가 그리웠다.

"아! 거기……."

무언가가 떠오른 세은이는 서랍을 뒤져 노란 종이를 한 장 찾아냈다. 그것으로 다시 종이접기를 했다. 여느 것과 달리 정성을 다 해 꼼꼼히 접었다.

"너무 크면 안 돼! 좀 작아야 예뻐!"

크기를 맞추기 위해 여러 번을 다시 접었다. 그러느라 한 시간이 훌쩍 지났다.

"됐어. 이제 여기에……."

집을 나선 세은이는 예전에 살던 아파트 동네로 갔다. 눈에 익숙한 거리와 아파트와 상가들을 보니 기분이 묘했다. 반갑기도 하고 서글프기도 한 마음으로 그린피아 아파트를 바라보았다. 겉보기에는 아무 변화도 없이 그대로였다.

"저 아파트에서 오 년 동안이나 살았었는데. 끝까지 저 집에 살 거라고 아빠가 그랬었는데."

교통 좋고, 공기 좋고, 전망도 좋다며 아빠는 더 이상 이사 가지 않을 거라고 했었다. 엄마도 집이 마음에 쏙 든다면서 매우 기뻐했었다. 친인척들을 불러 집들이도 성대하게 했었다.

"내 방에 지금은 누가 살고 있을까?"

그린피아 아파트 107동 1203호를 오랫동안 올려다보던 세은이는 발걸음을 돌려 걷다가 교차로를 건넜다. 그러고는 대흥

연립 옆 시장골목으로 들어갔다. 안쪽으로 깊숙이 들어가서 유명한 양념통닭 체인점인 '또또치킨' 가게에서 멈췄다. 예상대로 유리창에는 '점포 세놓음'이라고 쓴 빛바랜 종이가 붙어 있었고 출입문은 굳게 잠긴 상태였다. 고성진의 엄마 아빠가 운영하던 가게였다. 재작년 5학년 때 고성진의 생일파티를 했던 장소로 세은이도 초대를 받아 참석했었다.

"양념치킨 맛있었어! 집에서 아빠가 몇 번 시켜주기도 했었지. 매번 성진이 아빠가 작은 오토바이로 배달을 해줬었고. 성진이는 자기 아빠 따라간다고 들었는데 어디로 갔을까?"

세은이는 주머니에서 노랑나비를 꺼내 출입문 유리창에 붙여놓았다. 나비 날개에 '성진아, 힘내! -오세은-'이라고 메모를 했으니 어쩌면 성진이가 볼 수도 있을 것이었다. 그렇지 않더라도 성진이가 어디로 가든 건강하게 잘 지내기를 빌었다. 그대로 돌아가기가 못내 아쉬워 세은이는 유리창에 눈을 대고 안을 살폈다. 친구들이 모여 앉아 생일파티를 했던 탁자와 의자들이 그대로 있었다.

"성진이 엄마가 성진이랑 사이좋게 지내라며 통닭을 더 튀겨주었어. 성진이 아빠 음료수를 몇 번이나 더 가져다 주고." 아침 일찍부터 밤늦게까지 사이좋게 열심히 장사를 하던 성진이 부모님 모습이 눈에 선했다. 통닭 조각을 서로의 입에 넣어주며 행복하게 웃기도 했었다. 그런데 왜 이혼을 했다는 건지 이해가 되지 않았다.

"누구니?"

누가 묻는 소리에 세은이는 뒤돌아섰다.

"어? 안녕하세요?"

성진이 아빠였다. 이마가 넓고 통통한 체격의 성진이 아빠가 오토바이에서 막 내렸다. 가게 안을 들여다보며 옛 기억을 더듬느라 미처 오토바이 엔진소리를 못 들은 것이었다.

"응! 누구야?"

성진이 아빠가 기운이 빠진 목소리로 다시 물었다.

"성진이 친구 오세은인데요. 성진이가 학교에 안 나와서 와 봤어요."

"오, 고맙구나! 이렇게 가게까지 찾아와주고. 그동안 아무도 안 찾아왔었는데."

"성진이는 잘 있지요?"

잘 있는지 아니면 가출이라도 한 건지 그 점이 궁금했다.

"휴–! 잘 있으면 얼마나 좋겠니? 말을 안 해 그렇지, 부모 때문에 성진이도 많이 괴로울 게다."

"성진이가 어디 아픈가요?"

놀라서 큰 목소리가 터져 나왔다.

"그런 건 아니고, 마음이 아플 거라 이 말이지! 쫌 있으면 올 게다. 누가 우리 가게 좀 보러 온다고 해서 같이 오다가 문구점 앞에서 내렸어. 뭐 살 게 있다면서."

"아, 예!"

세은이는 유리창에 붙였던 나비를 살그머니 뗐다. 성진이에게 직접 전해주고 가는 게 좋을 것 같아서였다.

성진이 아빠가 잠근 가게 출입문을 따고 안으로 들어가고 나서 채 오 분이 안 돼 성진이가 왔다.

"성진아!"

"……!"

반가운 마음에 이름을 불렀으나 성진이는 그 자리에 멈춰 서서 아무 대답이 없었다. 다소 놀란 표정에 왜 왔느냐는 눈빛으로 바라볼 뿐이었다. 자존심이 상한 것 같았다. 찾아온 게 조금 후회되었다.

머쓱해진 세은이는 어찌할 바를 몰라 나비만 만지작거렸다. 어색하고 불편한 시간이 몇 십 초간 흘렀을 때 가게 문이 열렸다.

"성진아, 이 돈 받아. 그리고 저기 가서 친구랑 맛있는 거 사 먹어. 어서 받아!"

아빠에게 만 원짜리 지폐 한 장을 받아든 성진이가 가볍게 턱짓을 했다. 따라오라는 의미였다.

성진이 뒤를 따라가면서 세은이는 자기가 더 불행한지 성진이가 더 불행한지 비교해 보았다. 이것저것 따져보니 아직 엄마 아빠가 이혼 전 상태인 자기보다 이미 엄마 아빠가 이혼을 해서 완전히 갈라선 성진이가 좀 더 불행한 것 같았다.

성진이는 성큼성큼 앞서가다가 이따금씩 멈춰 서서 뒤를 돌아다보았다.

"성진아, 좀 천천히 가."

그러나 성진이는 천천히 가지 않았다. 다시 성큼성큼 일정한 거리를 간 후 멈춰 서서 뒤돌아보기를 반복했다.

성진이가 들어간 곳은 골목시장 가장 안쪽에 있는 튀김집이었다. 초등학교 때 아파트 친구들이랑 몇 번 와봤던 가게였다. 창가 쪽 식탁에 앉았다. 주인이 바뀌었는지 가게는 깨끗하게 꾸며져 있었고 대형 선풍기가 도는 중이라 시원하니 상쾌했다. 걸어오느라고 이마에 땀이 좀 났지만 금세 다 말라버렸다. 고소한 튀김 냄새에 이끌려 세은이는 진열장을 살펴보았다. 노릇노릇하게 튀겨진 여러 가지 튀김들이 입안 가득 군침을 고이게 했다.

"주인 어디 갔나보다. 예전에 여기 허리 이렇게 굽은 할머니가 하셨었는데. 그린피아 아파트에 살 때 친구들이랑 몇 번 와봤었거든."

"……!"

성진이가 뭐라 대꾸해주기를 바라면서 입을 열었으나 성진이는 아무 반응도 없이 메뉴판만 살펴보고 있었다.

"흠! 흠! 성진아, 내가 갑자기 찾아와서 화났니?"

단도직입적으로 물어봤다. 그러자 성진이가 쳐다보지는 않고 고개를 한 번 저었다.

"그럼 왜 말을 안 해?"

"……!"

"하긴 나도 말하고 싶지 않을 때가 있어! 엄마랑, 동생이랑, 그리고……."

그리고 다음에 사라 이름을 대려다가 그만두었다. 사라 이름을 대면 성진이가 남 험담만 하고 다니는 아이로 오해할까 봐 은근히 겁이 났다.

"아이고! 손님이 와 계셨네!"

빨간색 머리 수건을 쓴 주인아주머니가 불쑥 들어와서 호들갑을 떨었다. 손에 커다란 쟁반을 들고 있는 것으로 보아 어디 배달을 갔다 온 모양이었다.

"아줌마, 튀김도 배달을 해줘요?"

"튀김이 아니라 콩국수 배달 갔었어!"

"콩국수요? 튀김집에서 콩국수도 해요?"

튀김과 콩국수는 전혀 어울리지 않는 조합이라 의아했다. 짜장면 집에서 햄버거도 파는 경우 같았다.

"응! 여름에는 튀김이 잘 안 팔리잖아? 그래서 가게세라도 벌어보려고 시작했어. 너희도 콩국수 해줄까? 시원하게 얼음 많이 넣어서."

"아니요. 저는 콩국수 싫어해요!"

"그럼 무슨 튀김으로 줄까?"

"성진아, 빨리 시켜!"

성진이가 또 말은 않고 턱짓을 한 번 했다. 말을 아예 하지 않을 결심인지 입을 더욱 굳게 닫았다. 예전에는 말을 재밌게 잘하던 아이였었다.

"골고루 주세요."

"골고루. 얼마어치나 줄까?"

"오천 원어치 주세요. 음료수도 한 병 주시고요. 오징어 튀김을 좀 더 많이 주세요."

아까 성신이가 아빠한테 만 원을 받았으니까 그 정도 시키면 될 것 같았다.

"오징어 튀김을 좋아하나보구나?"

"예. 근데 전에는 여기 꼬부랑 할머니가 하셨었는데?"

"아, 그 할머니는 지지난달에 갑자기 돌아가셨어!"

"예에?"

허리만 구부러졌지 건강은 별 문제 없어보였던 할머니였다. 튀김도 맛있게 튀겼었다. 돌아가셨다는 말에 세은이는 가슴 한 쪽이 아릿했다.

"심근경색이라나 뭐 그런 병이래. 그래서 내가 이 가게를 인수해서 하는 거야. 한 달 됐어. 너희 가을이 되면 친구들이랑 자주 와. 아줌마가 많이 줄 테니까."

"예, 그럴게요."

각종 튀김이 수북이 담긴 접시와 음료수가 식탁에 놓였다. 색깔이 노릇노릇하고 고소한 냄새까지 풍겨 먹음직스러웠다.

"맛있겠다. 먹자, 성진아!"

젓가락을 잡은 세은이는 오징어 튀김을 하나 집어 들었다. 그런데 성진이는 고구마 튀김을 집었다. 둘은 튀김을 간장에 찍어 몇 차례 먹었다. 그렇게 단둘이 마주보고 앉아 말도 없이 튀김만 먹으니까 세은이는 어색하고 쑥스러웠다.

"내가 음료수 따라줄게 마셔. 그리고 이 오징어 튀김도 먹어 봐. 맛있어!"

성진이가 컵을 들어 음료수를 받으며 고개를 끄덕였다. 그러나 오징어 튀김은 먹지 않았다. 고구마 튀김을 다 먹고서 야채 튀김을 집었다. 세은이는 성진이가 야채를 좋아하는구나 생각하며 조심스레 물었다.

"성진아, 너 학교는 왜 안 나오는 거야?"

"나 전학 가."

"전학? 언제? 어디로?"

세은이는 떡 튀김을 들다 말고 놀라 물었다. 전학이라는 단어가 머릿속에서 비둘기처럼 맴돌았다.

"모레 아침에 갈 거야. 강원도 화천 할아버지네로."

"강원도 화천이면 아주 멀어?"

"응! 멀어. 화천읍에서도 한참 더 들어가는 상서면 산골이야. 거기서 할아버지 할머니랑 살 거야."

대답을 해주는 성진이의 목소리가 조금 떨리고 있었고 가기 싫어하는 표정이 얼굴에 뚜렷했다. 뭐라고 위로를 해줄 말을 찾았으나 아무 말도 떠오르지 않았다.

"너네 아빠는 안 가시고?"

"응! 아빠는 저기, 전라도 완도에 가셔서 멸치잡이 배 타신대."

"아, 멸치잡이……. 그러면 차라리 어, 엄……."

세은이는 차라리 엄마를 따라가지 그랬느냐고 차마 묻지를 못했다. 이미 다 결정된 일인데 성진이의 아픈 가슴을 더욱 깊이 후벼 파는 것 같아서였다.

접시에 튀김이 두어 개 남고 유리컵의 음료수도 두어 모금 남았을 때, 세은이는 자신의 현재 집안 사정을 솔직히 털어놓으려고 마른침을 삼켰다. 하지만 그것도 쉽지 않아 머뭇거리다가 주머니에 손을 넣었다.

"너한테 이거 전해주려고 왔었어. 가게 문이 잠겨 있어서 유리창에 붙여놓고 돌아가려는데 너희 아빠가 오신 거야."

집에서 정성스레 접어온 노랑나비를 꺼내 건네자 성진이가 받아들고 빙그레 웃었다. 마음에 드는 모양이었다.

"초등 5학년 때 네가 나한테 노랑나비 접어서 선물로 줬던 일 기억나지?"

"응!"

"너만큼은 못 접었어도 내 정성이 담긴 거야."

"고마워!"

고맙다는 말을 한 성진이가 주머니에서 무언가를 꺼내 식탁에 올려놓았다.

"나 아까 문구점에서 이거 샀어!"

손바닥 크기의 색종이 뭉치로 종이접기용으로 사용되는 것이었다.

"종이접기 하려고 산 거야?"

"응. 종이접기 하다 보면 마음이 편안해져!"

"어머! 나도 그런데."

성진이와 같은 취미를 가졌다는 게 세은이는 반갑고 기뻤다. 또 다른 공통점이 있지 않을까, 기억을 더듬었다. 그러나 불우한 가정환경에 처해 있다는 것 말고는 없었다. 하지만 그것도 없는 것보다는 낫다는 생각이 들었다.

"뭘 접으려고?"

"여러 가지. 근데 오늘은 고난도 입체 코뿔소를 접고 싶었어! 강하고 힘 있는 코뿔소."

"와! 나하고는 차원이 다르네. 나는 아직 그런 복잡한 건 못 접고 간단한 것만 접어."

성진이가 검은색 종이를 한 장 빼내 코뿔소를 접기 시작했다. 그 모습을 세은이는 흐뭇하게 지켜보았다.

"고난도 입체 코뿔소는 처음이라 자신이 없어!"

접는 순서를 자꾸 잊어버려 수십 차례나 반복을 했다. 이십 분이 넘었지만 끝내 완성을 하지 못했다. 성진이 얼굴색이 급격히 어두워졌다.

"안 되겠다. 집에 가서 설명서를 보면서 해봐야겠어."

실패가 창피한지 성진이가 멋쩍게 웃으며 뒤통수를 긁적였다. 괜찮다는 의미로 세은이도 씽긋이 웃어주었다.

남은 튀김과 음료수를 마저 먹고 가게를 나섰다.

"세은아, 이 뒤쪽으로 해서 가자. 내가 저 아래 버스 정류장까지 바래다줄게."

"그래!"

골목시장 반대편 출입구로 나가서 나란히 흙길을 따라 걸었다. 마을주민들의 산책을 위해 조성해 놓은 오솔길이었다. 야트막한 동산 밑으로 구불구불 이어진 오솔길은 아스팔트길이나 시멘트 블록길이 아니라 걷기가 한결 수월했다. 흡사 스펀지를 깔아놓은 듯 부드러워 걸음을 떼어놓을 때마다 발목과 무릎, 허리에 느껴지던 충격이 훨씬 줄어들었다. 해가 막 지려고 하는 저녁이라 덥지 않았고 간간이 동산 소나무 숲에서 바람이 불어와 상쾌하기까지 했다.

"벌써 코스모스 꽃이 피었네?"

아직 9월도 되지 않았는데 일찍 피어난 코스모스가 신기해 세은이는 잠깐 서서 살펴보았다. 드문드문 코스모스가 무리지어 자라고 있었지만 유독 하나만 흰색 꽃을 피워낸 것이었다. 키도 크지 않고 줄기도 가냘픈 코스모스라 그런지 꽃 또한 작았다. 향기를 맡아보려고 코를 댔으나 향기는 나지 않았다. 너무 서둘러서 핀 꽃이라 그런 모양이었다.

"세은이 너 코스모스 꽃 좋아해?"

"음! 좋지도 않고 싫지도 않아. 나는 사실 나팔꽃을 좋아해!"

"나팔꽃?"

"응! 나팔꽃 중에서도 보라색 나팔꽃을 제일 좋아해! 그래서 예전에는 나팔꽃 접기 많이 했었는데 요즘은 안 해. 가자!"

오솔길을 다 내려가자 찻길이 나왔다. 다시 시멘트 보도블록이 깔린 인도를 걸어 오십 미터쯤 내려가서 버스 정류장 벤치에 나란히 앉았다. 혹시 같은 반 친구들이 볼까 봐 약간 꺼려지기는 했지만 세은이는 그대로 있었다. 저 멀리 본향산 뒤로 저녁노을이 곱게 피어나는 중이었다. 분홍색이 매우 고왔다. 분홍 노을은 차츰 차츰 색 변화를 일으켜 붉은 색을 띠기 시작했다. 그러더니 어느새 빨갛게 바뀌어 마치 새색시의 다홍빛 치마를 정갈스레 펼쳐놓은 듯한 모습이었다. 경주 친가 뒤편 토함산의 색깔 짙은 진달래꽃이 무더기로 피어난 것도 같았다. 하지만 다시 보니 거대한 불꽃으로 보였다. 하늘 한 편에 불이 붙어 붉은 불길이 좌우로 빠르게 번져나가는 형상이었다.

시선을 앞쪽으로 옮기자 어제 가출했다가 비를 맞으며 돌아오던 길이 부분 부분 보였다. 힘들고 고달팠던 그 길에도 노을빛이 비치고 있었다. 시내버스를 타면 그길로 돌아가서 연성우체국 앞에서 내려야 할 것이었다. 그렇지만 시내버스는 좀체 오지 않았다. 몇 대가 지나가긴 했으나 방향이 다른 버스였다. 세은이는 다시 서편 하늘을 응시했다. 그러면서 시내버스가 늦게 오기를 기대했다. 저녁노을에 시선을 고정시킨 채 입을 다

물고 있는 성진이도 같은 마음이라고 여기며 세은이는 슬쩍슬쩍 곁눈질을 했다. 그러나 이제 서로가 다시는 만나지 못할 것임을 알고 있기 때문에 누구도 먼저 입을 열려 하지 않았다.

노을빛이 붉은색에서 보라색으로 바뀌기 시작할 때 세은이는 떨어지지 않는 입을 애써 열었다.

"참. 성진아, 너 휴대폰 번호……."

"나 휴대폰 없앴어! 아빠가 나중에 다시 사준다고 공부나 열심히 하래."

"어머! 그러니? 나도……."

세은이는 입을 닫고 또 다시 서쪽 하늘로 시선을 옮겼다. 이제 노을은 진보라색이 되어 있었고 검은색이 조금씩 섞이는 중이었다.

"성진아, 나 그냥 걸어가야 되겠다. 멀지 않아. 한 시간도 안 걸려. 올 때도 걸어왔었어!"

벤치에서 일어나자 성진이가 급하게 말렸다.

"잠깐만!"

"왜?"

"잠깐이면 돼!"

주머니에서 색종이 뭉치를 꺼낸 성진이가 보라색을 선택해 무언가를 접기 시작했다. 몇 번의 손동작을 보고 세은이는 성진이가 무엇을 접는지 금방 눈치챘다.

"나도 색종이 한 장 줘! 녹색으로."

녹색 색종이를 받은 세은이도 급하게 종이를 접었다. 하지만 가능한 한 잘 접으려고 신경을 곤두세웠다.

"세은아, 이거 받아!"

"고마워! 내 꺼도 받아!"

보라색 나팔꽃을 먼저 받은 세은이는 녹색 네잎클로버를 성진이에게 건네주었다. 성진이에게 행운이 따르기를 진심으로 빌면서.

선물을 교환한 둘은 아주 잠깐 서로의 눈을 바라보고 서 있었다. 그 자세로 자신의 눈동자에 상대의 마지막 모습을 담았다. 짧은 눈맞춤이 끝나고 세은이가 먼저 작별 인사를 전했다.

"성진아 잘 가! 안녕!"

"세은이 너도 잘 가. 안녕!"

손을 두어 번 흔든 세은이는 뒤돌아서서 걸음을 옮겼다. 한 걸음 한 걸음이 쇳덩이를 끄는 것처럼 발이 무거웠다. 마음 또한 숨이 막힐 듯 답답했다. 가는 길 내내 성진이의 시무룩하던 얼굴이 고무풍선처럼 눈앞에 떠서 흔들렸고, 그 애의 안녕이라는 말소리가 귓바퀴에 걸려 떨어지지 않았다. 노을빛이 모두 사라진 하늘은 온통 까만색뿐이었다.

놈의 출현

가뜩이나 차가웠던 집안 분위기가 예은이 때문에 더욱 악화되었다. 얼음나라보다 더 차가워져 아주 만년빙하 속과 똑같았다. 턱이 덜덜덜 떨리고 머리에 고드름이 주렁주렁 달릴 정도였다. 잠도 각자 따로따로 자고 밥도 각자 따로따로 먹었다. 말 안 하기 게임이라도 하는 것처럼 서로 쳐다보지도 않고 대화도 없이 사흘이 지났다.

학교를 나선 세은이는 뛰다시피 걸었다. 오늘도 개구리나 왕거미를 잡기 위해서 밭두렁을 뒤져볼 생각에서였다. 지난번에 놓쳤던 금개구리가 항상 눈앞에 어른거렸다. 사라는 변함없이 교실에서 설쳐댔고 자기 마음에 들지 않으면 아무한테나 손가락질을 해대며 화를 버럭버럭 냈다. 뒤로 몰래 다가와 흉측한 손가락으로 옆구리를 쿡쿡 찌르는 짓도 그치지 않았다. 그러는 모습을 볼 때마다 세은이는 복수심이 활활 불타올랐다.

"그 악마의 손 꼭 한번 크게 놀래주고 말 거야. 안 그러면 내가 속이 터져 죽어!"

횡단보도를 건너 초원아파트 입구를 통과하는데 누가 뒤에서 불렀다. 돌아보니 예은이었다. 무언가를 질겅질겅 씹으면서 초원아파트에서 달려 나왔다. 아마 사라네 교회에 들른 모양이었다. 예은이는 요즘 아침 등교 때마다 자진해서 사라의 보조 가방을 초등학교 앞까지 들어다주는 가방 셔틀 노릇을 하는 것 같았다. 자존심을 어디다 팔아먹었는지 기가 차서 말도 안 나왔다.

"언니 지금 집에 가는 거야?"

대답하지 않고 무시해버렸다. 그러자 예은이가 똥강아지처럼 촐랑촐랑 따라오며 계속 말을 걸었다.

"언니, 이거 줘? 교회에서 준 거야. 어제는 샌드위치도 얻어먹었어!"

"……!"

"조금 줄까? 언니 이거 좋아하잖아?"

냄새로 보아 구운 오징어였다. 고소하니 입안에 군침이 가득고였다. 예전에 아빠가 맥주 안주로 종종 먹던 것. 아빠는 엄마가 술안주로 구워서 내놓은 오징어를 항상 반 넘게 나눠주었었다. 몰래 먼 나라로 가버리고도 편지 한 장 없는 얄미운 아빠. 배반자 아빠. 오만 정이 다 떨어져 이제 생각하기도 싫었다.

"나 오징어 안 좋아해!"

오징어 안 좋아한다고 고개를 저었다.

"언니 오징어 좋아하잖아? 엄마도 그랬어. 아빠 닮아서 언니 가 오징어를 아주 좋아한다고."

"안 좋아한다니까!"

소리를 버럭 지르며 예은이 손을 툭 쳐버렸다.

"안 좋아하면 그만이지 왜 손을 치고 그래? 아프잖아?"

대꾸도 하지 않고 한 발 앞서 갔다.

"언니, 그거 알아?"

"……!"

"그거 아냐고?"

예은이가 바짝 따라오면서 성가시게 물었다. 입을 꾹 다물고 못 들은 척했다. 그러면 제풀에 죽어 말을 붙이지 않겠지 생각 했다.

그런데 그게 아니었다.

"언니, 있잖아? 내가 사라 언니 비밀 하나 알려줄까?"

"사라 비밀?"

호기심이 발동해 예은이를 쳐다봤다. 혹시 사라가 가장 싫어하 거나, 가장 무서워하는 거 아닐까, 추측을 해보았다. 만약 그렇 다면 그걸로 놀래주면 되겠다 싶었다.

"알려줘? 말아?"

"사라가 제일 무서워하는 거?"

"그런 거 말고."

"그럼 관심 없어!"

관심이 없다고 말했다. 사라에 대해서는 이미 다 알고 있기에 더 알 게 없었다. 그런데도 예은이는 큰 선심이라도 쓰듯 알려줬다.

"사라 언니, 장애자래!"

"장애자?"

사라는 몸이 뚱뚱한 편에다 성질이 나빠서 그렇지 지극히 정상적인 애였다. 사지 육신이 멀쩡한데 장애가 있을 턱이 없었다. 아마 사라의 오른손을 보고 하는 말 같았다. '뭐 그것도 장애라면 장애지!' 혼자 속말을 하며 무덤덤한 표정을 지었다.

"언니 알고 있었어?"

"그 애 얘기는 아무 것도 말 하지 마! 다 알고 있으니까."

"정말 알아?"

"그렇다니까. 그 애 오른손 말하는 거 아냐?"

"사라 언니 오른손? 아니야!"

예은이가 고개를 크게 저었다.

"뭐? 아냐? 그 애 오른손 손등에 흉터 있는 거, 그거 말하려는 거잖아?"

"사라 언니 오른손 손등에 흉터 있어? 무슨 흉터?"

"걔 초딩 2학년 때 도둑질하다가 개한테 물려서 생긴 흉터라고 우리 반에 소문 쫙 났었어!"

확인된 얘기는 아니지만 그런 소문이 1학기 중간부터 반에 떠돌기 시작했었다. 그 때문에 아이들이 사라를 더욱 꺼려하게 된 것이었다.

"도둑질하다가 개한테 물려서?"

"그래. 그 애 오른손 손등에 거무튀튀하고 개 이빨에 물린 흉터가 몇 개 있는데 그걸 못 봤단 말야?"

설명을 해주는 중에도 사라 오른손이 눈앞에 떠올라 소름이 돋았다.

"아아. 약간 그런 거? 그거 말고, 진짜 장애자래!"

"뭔 장애자? 멀쩡한 애를 왜 자꾸 장애자라고 그래?"

예은이가 자꾸 장애자, 장애자 그러니까 초등학교 2학년 땐지 3학년 때 같은 반이었던 한 아이가 떠올랐다. 손발이 뒤틀려서 걸음을 잘 못 걷고, 연필도 잘 못 집고, 말도 잘 못 하던 아이. 세은이는 그 애한테 미안한 마음을 갖고 있었다.

"정말이야. 분노조절장애라나? 그 언니 이모라는 집사님이 그러셨어. '우리 사라는 분노조절장애라는 병을 앓고 있단다. 그래서 병원도 다니고 매일 약을 먹고 있어.' 그렇게 말했다고."

분노조절장애? 세상에 그런 병도 있었나? 처음 들어 보는 병명이라 믿어지지가 않았다.

"비밀 또 하나 있어."

"또 뭐야?"

"사라 언니 엄마 있잖아? 좀 이상해!"

"걔 엄마가 뭐가 이상해?"

예은이가 얼른 대답하지 않고 뜸을 들였다. 너무 답답해서 재촉을 했다.

"뭐가 이상하냐고? 빨리 말해봐!"

"저, 그, 말을 못하는 거 같았어."

"뭐? 정말이야?"

"응! 내가 인사를 했더니, 웃으면서 받아주기만 하고 말은 안 해! 먹을 걸 챙겨주면서도 한마디도 하지 않고."

역시 믿을 수가 없었다. 십중팔구 예은이가 잘못 본 게 분명했다. 사람이 목이 심하게 쉬었거나 아프면 한동안 말을 안 할수도 있는 거였다. 또 기분 상태에 따라서도 말을 하기 싫을 때가 있는 것이었다. 세은이도 요즘 아무하고도 말을 하기 싫었다. 특히 엄마와 예은이와 사라와는 더욱 그랬다.

"걔네 아빠는?"

"목사님은 한 번도 못 봤어. 잠깐 들러 먹을 것만 받아왔거든. 참, 나 이번 일요일부터 교회 다닐 거야. 사라 언니랑 약속했어! 언니도 다닐래? 그럼 사라 언니가 좋아할 텐데."

드디어 저번에 예은이를 집에까지 데려다줬던 사라의 꿍꿍이가 드러났다. 바로 예은이를 자기네 교회에 나오게 하려는 거였다. 그러니까 그 목적을 위해 사기나 마찬가지인 위장 친절을 베푼 것이 틀림없었다.

"언니도 나랑 같이 다니자!"

'개가 좋아할 짓을 내가 왜 하니?' 속으로 쏘아붙이고 나서 퉁명스레 대답했다.

"너나 실컷 다녀!"

"치! 언니 나중에 후회하지 마!"

사라네 교회에 안 다니는 걸 후회하다니. 말도 되지 않는 소리였다. 코웃음이 터져 나왔다.

"어? 저 아저씨 우리 아빠랑 비슷하다!"

예은이가 지나가는 어떤 아저씨를 가리키며 말했다. 슬쩍 보니 비슷하기는 했다.

"아빠 보고 싶다. 언니는 아빠 안 보고 싶어?"

"안 보고 싶어!"

속마음과는 달리 그렇게 대답했다. 사실 세은이도 아빠가 보고 싶었다. 어렸을 때 아빠하고 놀던 추억들이 이따금 그림책처럼 펼쳐졌다.

"왜 안 보고 싶어?"

"왜는 뭐가 왜야? 안 보고 싶으니까 안 보고 싶지! 말 시키지 마. 나 말하기 싫어!"

예은이가 있어서 밭두렁을 뒤지지 않고 곧장 집으로 향했다.

방으로 들어가 책상 위에 가방을 내려놓고 의자에 앉았다.

"언니! 자, 이거 먹어봐. 맛있어!"

예은이가 구운 오징어 반을 뜯어 가방 옆에 놓았다.

"얼른 나가! 나 쉬어야 해."

혼자 있고 싶었다. 아까 아빠를 닮은 아저씨를 봐서 그런지 아빠 생각이 많이 났다. 그립기도 하고 밉기도 하고. 마음속에 두 가지 감정이 동시에 존재해 서로 갈등을 일으켜 짜증도 났다.

"빨리 나가라고!"

"알았어. 짜증 좀 내지 마, 언니!"

세은이는 소변이 마려워 눈을 떴다. 어? 형광등이 꺼져 방 안이 캄캄했다. 저녁밥 같지도 않은 저녁을 먹고 침대에 누워 책을 읽었었는데? 독후감 숙제를 하기 위해 과학도서를 다시 읽다가 잠이 든 모양이었다. 엄마가 돌아와서 형광등을 끈 게 분명했다. 가만히 일어나 방 밖으로 나갔다. 예은이가 주방 한쪽에서 큰대자로 누워 자고 있었다. 안방에서는 엄마의 코 고는 소리가 들리고. 잠결에 둘이 말다툼하는 소리를 얼핏 들은 것도 같았다. 매일 서로 짜증이나 내고 말다툼이나 하고. 세은이는 엄마하고 말을 한마디도 안 한 지 벌써 사흘째였다. 말로만 듣던 콩가루 집안 같아 기분이 좋지는 않았다. 그래도 서로 말을 안 하니까 편하기도 했다.

소변을 누고서 다시 자기 방으로 들어갔을 때였다. 세은이는 어두운 방 안에 무언가가 움직이는 기척을 느꼈다. 순간, 깜짝 놀라 그 자리에 얼어붙었다. 숨을 죽이고 눈동자를 굴렸다. 창문에서부터 시작해 옷장, 책상, 침대, 천장까지 면밀히 살폈다. 그러나 아무것도 없었다.

"저번 날처럼 내가 또 잘못 봤나?"

침대에 누워 다시 잠을 청했다. 하지만 잠이 오지 않았다. 희뿌연 창문에 시선을 두고 독후감을 뭐라 쓸 건지 구상했다. 그런데 저녁밥을 조금 먹어서 배가 고팠다. 주방으로 가 차려먹으려니 귀찮아 몇 차례 심호흡으로 배고픔을 달랬다. 그때, 고소한 냄새 한 줄기가 콧구멍 속으로 들어와 식욕을 자극했다.

"아, 그거!"

상체를 반쯤 일으켜 책상 위로 손을 뻗었다. 예은이가 준 구운 오징어를 먹기 위해서였다. 손을 더듬어 오징어를 잡았다. 하지만 곧,

"꺄악-!"

천둥소리 같은 비명을 지르며 오징어를 도로 놓았다.

"뭐지? 뭐가 내 손을 물은 것 같은데? 생쥐가?"

놀란 가슴을 진정시키고 책상 귀퉁이에 있는 스탠드 불을 켰다.

"꺄악-! 꺄악-!"

불이 켜지자마자 세은이는 소스라치게 놀랐다. 그 때문에 조금 전보다 훨씬 큰 비명을 연거푸 두 번이나 내질렀다. 얼굴이 새하얗게 변해 한겨울의 눈사람 같았다. 비명 소리에 잠을 깬 예은이가 문을 벌컥 열고 뛰어 들어왔다.

"왜 그래, 언니?"

"저, 저……."

세은이는 제대로 말을 못하고 턱을 덜덜 떨면서 책상 위를 가리켰다.

"책상 위에 뭐? 아무것도 없는데?"

"이, 있어!"

있다고 말하면서 세은이는 여전히 턱을 떨었다. 잠시 전 손에 느껴지던 촉감이 떠올라 온몸에 소름이 돋았다.

"뭐가 있다는 거야? 내가 준 오징어뿐인데."

다가가 살펴보았다. 정말 아무것도 없었다. 책가방과 구운 오징어만 덩그마니 놓여 있을 뿐이었다.

"그거 봐! 아무 것도 없다니까. 무서운 꿈꾼 거 아니야, 언니?"

"꿈 아냐. 분명히 뭐가 내 손을 물었어!"

"손을 물어? 어디 좀 봐!"

예은이가 손을 잡고서 요리조리 살펴봤다.

"아무렇지도 않은데 뭘! 언니 꿈꾼 거 맞아. 나도 전에 무서운 꿈꿔서 비명을 지르고 그랬었어. 괴물한테 쫓기는 꿈. 근데 그런 꿈꾸면 엄마가 키 큰다고 그랬어."

"꿈 아니라니까. 진짜 뭐가 있었다니까!"

세은이는 허리를 약간 굽힌 뒤 고개를 길게 빼고 책상 위를 다시 살폈다. 예은이도 따라서 살폈다.

바로 그 순간이었다. 책꽂이 뒤에서 검은 물체가 나와서 벽을 기어올라 천장 쪽으로 이동했다.

"꺄아악-!"

세은이와 예은이는 동시에 비명을 내지르며 안방으로 달려갔다. 그러고는 탱크 소리로 코를 골며 자고 있는 엄마를 마구 흔들어 깨웠다.

"엄마, 엄마, 빨리 일어나봐, 빨리!"

"엄마, 큰일 났어. 일어나! 일어나!"

"응? 뭐, 뭐야? 도둑?"

엄마가 놀라 벌떡 일어나 앉더니 어안이 벙벙한 표정으로 방 안을 둘러봤다.

"아니!"

"그럼? 지진 났어?"

"그게 아니고. 언니 방에 큰일 났어!"

"큰일? 뭔 큰일? 불 난 거야? 세은이 너, 뭔 짓을 하다가 불을 다 냈어?"

허둥지둥 주방으로 나간 엄마는 엉겁결에 쓰레기통을 들고 세은이 방으로 걸어갔다. 마치 꽁무니에 불이 붙은 암탉처럼 급한 걸음으로. 미처 상황 설명을 해줄 틈이 없었다. 세은이와 예은이는 병아리 모양 즉시 엄마 뒤를 따랐다. 방에 들어서자마자 엄마는 책상 위에 켜놓은 스탠드 불을 향해 쓰레기를 부었다.

"불 아냐, 엄마!"

소리를 질러 만류했으나 이미 한 발 늦고 말았다. 엄마는 잠이 덜 깬 시각은 물론 청각마저도 제대로 작동을 하지 않는 것 같았다.

"엄마, 불이 난 게 아니고, 벌레가 나왔어! 주먹만 한 벌레가."

예은이가 자기 주먹을 내보이며 과장해서 설명했다.

"뭐? 뭐? 벌레? 무슨 벌레?"

"몰라! 이따만 했어."

"어디 있었어?"

"저 책꽂이 뒤에서 나와서 저 위로 빠르게 기어서 도망갔어."

세은이는 검은 물체가 움직인 동선을 가리키며 고개를 들었다. 엄마와 예은이도 고개를 들어 천장을 살폈다.

"어? 저기! 저기 있어, 엄마!"

형광등 갓 옆에 검은 물체가 붙어서 움직이지 않고 있었다. 엄마가 발꿈치를 들고 눈을 크게 떠서 살폈다. 곧 엄마가 기겁을 하며 소리쳤다.

"꺄악! 바, 바, 바퀴!"

"바퀴? 바퀴벌레?"

"그래! 어떡해? 어떡해? 나 바퀴벌레 제일 싫어한단 말야."

어떡하냐는 말만 반복하면서 방 안을 맴돌던 엄마가 동작을 멈췄다. 그러더니 잔뜩 찡그린 얼굴로 명령했다.

"세은아, 가서 신발 가지고 와! 빨리! 도망가기 전에 잡아 죽여야 해."

세은이는 얼른 방 밖으로 나가 신발장에 있는 아빠의 헌 구두를 한 짝 가지고 돌아왔다.

"이리 줘! 병균이 튈지도 모르니 너희는 저리 떨어져 있어. 엄마가 구두 밑창으로 납작 빈대떡을 만들 테니까."

구두를 넘겨받은 엄마는 곧장 침대 위로 올라가 바퀴벌레를 노려봤다. 두 눈에 시퍼런 살기가 번득였다. 사나운 고양이의 날카로운 눈빛이었다.

"이 놈 도망도 안 가는 걸 봐! 간덩이가 부은 비정상적인 놈이야. 이렇게 큰 놈이 있다면, 안 보이는 곳에는 수십 수백 마리가 숨어 있을 거야. 아유! 더러워! 끔찍해!"

오른손으로 구두 뒤끝을 잡은 엄마는 혀를 내밀어 입술을 축였다. 그리고 드디어 팔을 어깨 뒤로 옮겨 바퀴벌레를 후려칠 자세를 취했다.

이상하게도 바퀴벌레는 여전히 움직이지 않고 있었다. 구두에 맞아 죽기를 결심했는지 꼼짝도 하지 않았다. 죽일 테면 죽여보라고 반항을 하는 태도였다. 이윽고 조준을 마치자마자 엄마는 구두를 힘껏 휘둘렀다. "쾅!" 천장이 무너지는 소리가 귀청을 흔들었다.

"죽었지? 그놈 죽었지? 못된 놈! 병균 덩어리가 어디서 어슬렁거려? 응? 아무래도 눈이 먼 놈인가 보다."

엄마는 어깨를 으쓱거리며 침대에서 내려왔다. 자기 자신을 매우 자랑스러워하는 표정이었다. 그러나 바퀴벌레는 죽지 않았다. 아니, 정확하게는 죽은 것도 아니고 산 것도 아니었다. 아예 보이지가 않았다. 천장에는 흔적이 전혀 없었고 방바닥에도 마찬가지였다. 눈 깜짝할 새에 감쪽같이 사라진 것이었다. 귀신이 곡을 할 노릇이었다.

"엄마, 안 죽은 것 같아! 바퀴벌레가 안 보여."

"뭐야?"

엄마의 눈동자가 세숫대야만큼 커졌다. 곧 원숭이마냥 침대 위로 다시 깡충 뛰어 올라간 엄마는 천장이 뚫어져라 살피고 또 살폈다.

"틀림없이 납작 빈대떡이 됐을 텐데? 아, 여기!"

들고 있던 구두 바닥을 꼼꼼히 확인했다. 그러나 거기도 아무 흔적이 없었다.

세은이는 바퀴벌레가 마지막으로 붙어 있던 자리에 시선을 꽂고 생각에 잠겼다. 엄마가 엉뚱한 곳을 때린 거야. 그 순간 천장 패널이 심하게 흔들리면서 바퀴벌레는 아래로 떨어져 내렸고. 그렇다면? 가상의 수직선을 따라 시선을 밑으로 내렸다. 그리고 바퀴벌레가 추락했을 곳으로 추정되는 지점을 찾았다.

"혹시 여기?"

침대 위에 있는 베개를 가만히 들췄다.

"여깄다!"

소리침과 동시에 세은이는 손바닥을 쫙 펴고 팔에 온 힘을 줘 무자비하게 내리쳤다. 앞뒤 재볼 것도 없이 무조건 죽여야 한다는 생각에 반사적으로 이뤄진 동작이었다. 하지만 허탕이었다. 바퀴벌레가 한 박자 더 빨랐다. 베개 밑에 숨어 있던 바퀴벌레는 쏜살같이 도망을 가 침대 밑으로 쏙 들어갔다.

"비켜! 비켜! 내가 잡을 거야."

아까의 실패로 열을 받은 상태인 엄마가 방바닥에 넙죽 엎드렸다. 그런 다음 구두를 든 손을 침대 밑으로 넣어 마구 휘두르기 시작했다.

"이 나쁜 놈, 죽어라! 죽어!"

"이쪽으로 나왔어, 엄마!"

예은이가 소리쳤다. 엄마가 즉시 팔을 빼내 방바닥을 지그재그로 기어가는 바퀴벌레를 내리쳤다. 세은이도 발로 사정없이 밟았다.

"쿵! 쿵! 쿵!"

하지만 바퀴벌레는 요리조리 잘도 피했다. 세은이는 엄마와 계속 쫓아가며 연속 공격을 가했다.

"퍽! 퍽! 퍽!"

마치 떡방아 찧는 소리 같은 소음이 아파트에 한참이나 울려 퍼졌다. 그렇게 방 안을 몇 바퀴 돌았으나 실패의 연속이었다. 그러다 바퀴벌레가 서랍장 밑으로 들어가는 통에 놓치고 말았다.

"이런 또 놓쳤네! 여긴 틈이 좁아서 손도 못 넣는데, 어떻게 잡아 죽이지?"

"서랍장을 치워야지!"

세은이와 예은이는 서랍장을 잡고 하나, 둘, 셋! 호흡을 맞춰 앞으로 힘껏 당겼다.

"끼기기익!"

서랍장이 밀리는 마찰음이 길게 나고 뒤쪽에 이십 센티미터 정도의 틈이 벌어졌다. 그러나 바퀴벌레는 나오지 않았다. 눈을 들이대고 살폈지만 보이지 않았다.

"안 보여, 엄마! 어디로 숨은 거지?"

"이 박스더미 뒤로 들어가는 것 같았어!"

예은이의 말에 이번에는 열 개가 넘는 박스를 내려 확인을 했다. 무거운 이삿짐 박스를 하나하나 내려 이리저리 밀고 굴리고 뒤집고를 반복하며 바퀴벌레를 찾았다. 그러느라 박스가 찢어지고 터져 내용물이 와르르 쏟아져 나왔다. 그 때문에 방이 아주 난장판이 되어 쓰레기 적치장이나 다름없었다.

세 명 모두 힘이 쪽 빠져 어깨가 축축 늘어졌고 이마에는 땀방울이 송알송알 맺혔다. 졸지에 쓰레기장으로 변한 자기 방을 보자, 세은이는 바퀴벌레에 대한 혐오증이 증폭되고 오기가 발동했다.

"더럽고 못된 놈! 내가 반드시 잡아 죽이겠어!"

이빨을 바드득 갈며 다짐을 했다.

그때 아래층에 사는 빼빼 아저씨가 올라와 현관문을 두드리며 거세게 항의했다.

"이 집에 전쟁 났어? 엉? 새벽에 대체 뭔 짓들을 하는 거야? 잠 좀 자자고, 잠 좀!"

"어머! 벌써 새벽 세 시네. 얘들아, 안 되겠다. 그놈 다른 데로 도망 못 가게 휴지로 창문 틈을 꼭꼭 막고, 방문 틈도 꼭꼭 막자. 그러고서 잠을 좀 자자!"

"응, 엄마!"

"그리고 세은아, 엄마가 내일 아침에 돈 놓고 갈 테니, 학교 끝나고 오다가 약국에서 바퀴벌레 약 사와서 듬뿍 뿌려. 아주 듬뿍! 그리고 집 청소도 해놓고. 중학생이 됐으면 그 정도는 할 줄 알아야 정상이지!"

엄마는 말꼬리에 또 중학생 타령을 붙였다. 대체 중학생이 되면 뭐를 얼마큼 알고 어떻게 행동해야 된다는 건지, 중학생이 된 게 싫었다.

소망약국

　금요일 하굣길, 초원아파트 앞 횡단보도에 이르렀다. 예은이가 기다리고 있지 않을까 해서 주변을 살펴보았다. 그러나 보이지 않았다. 사라네 교회에 간 건지 집에 먼저 간 건지 알 수가 없었다.

　"아, 저기!"

　아파트 상가 외벽에 사라 아빠가 목사인 방주교회 간판이 걸려 있고 그 밑에 약국 간판도 있었다. 소망약국. 다가가 보니 작은 간판만큼이나 약국 규모도 작았다. 하지만 아주 깨끗해서 개업한 지 얼마 되지 않은 것 같았다. 하긴 상가에는 아직 빈 점포도 두 개나 있었다. 점포 세놓는다는 쪽지가 유리창에 큼직하게 붙어 있었다.

　세은이는 약국 문을 열고 안으로 들어갔다. 눈처럼 새하얀 가운을 입은 약사가 잡지책을 읽고 있다가 웃으며 맞아주었다.

"어서 오세요!"

긴 파마머리의 예쁜 아가씨였다. 목소리도 고왔다.

"약사 언니, 바퀴벌레 잡는 살충제 세 통 주세요. 우리 집에 왕 바퀴가 나왔어요."

"어, 그래요. 잠시만 기다려요."

약사 언니가 진열장에서 바퀴벌레 약을 꺼내 건네주었다.

"이거 흡입하지 말고 조심해서 뿌려야 해요. 일종의 독약이 니까 음식물에 들어가면 절대 안 돼!"

"네, 알았어요. 그런데요, 언니! 질문이 있어요."

"질문이요? 해봐요."

세은이는 약사 언니와 눈을 맞추고 어제 예은이한테 들은 것에 대해 물었다.

"저, 분노조절장애라는 병이 어떤 병이에요?"

질문을 받은 약사 언니가 빙그레 웃더니 설명을 시작했다.

"아, 분노조절장애는 말 그대로 분노, 즉 화를 잘 조절하지 못하는 병이에요. 학생도 화가 날 때가 있지요?"

"예, 많이 있어요."

중학생이 되고부터 화가 날 때가 많아졌다. 바로 악마의 손 윤사라 때문이었다. 그리고 아빠가 사우디로 가버리고 엄마가 일을 다니는 요즘에는 엄마와 예은이가 화의 주원인이었다. 그 외의 다른 사람들은 그다지 스트레스를 주지 않았다.

"자주 화를 내는 편이에요? 아니면 가끔 내는 편이에요?"

"가, 가끔이요."

자주 화가 났지만 깎아서 가끔이라고 대답했다. 사실대로 말을 하려니 창피스러웠다.

"학생 성질대로 막 화를 내나요? 아니면 참기도 하나요?"

"당연히 참기도 하죠. 아주 많이 참는 편이에요."

반 넘게 참기는 했다. 오늘도 학교에서 사라가 삿대질을 하고, 왜 학원에 다닌다고 거짓말을 했냐, 지옥이 두렵지 않냐, 또 시비를 걸어 화가 많이 났으나 꾹 참았었다. 그러나 참는다고 화가 쉽게 가라앉지는 않았다. 속이 한참 동안이나 부글부글 끓었다.

"정상적인 사람은 그렇게 참기도 하면서 스스로 화를 억누르는데, 분노조절장애 환자는 별것도 아닌 일로 막 화를 내는 거예요. 조금도 참지 못하고요."

"아 그렇군요. 근데 그런 병이 왜 걸리는 거예요?"

그게 참 이상했다. 대체 그런 병에 왜 걸리는지 원인을 알고 싶었다. 생각해보니 어쩌면 엄마도 분노조절장애 병에 걸린 건지도 몰랐다.

"여러 가지 원인이 있지만, 특히 어렸을 적 성장 과정에서 정신적 스트레스를 과도하게 받는 경우에 걸리기 쉽지요."

"어렸을 적 성장 과정에서…… 그러면 치료를 오래 받아야 해요?"

"환자의 정도에 따라 달라요. 감정조절을 위한 약물을 복용하거나 분노조절 훈련을 오래 해야 하는 경우도 있어요."

"오래라면 몇 십 년씩 약을 먹어야 해요?"

"요즘 나오는 약은 효과가 좋아서 그렇게 오래 안 먹어도 많이 나아져요. 주변 사람들이 정서적 안정을 취하게 해주면 더 빨리 낫기도 하고요."

약사 언니가 매우 친절하게 설명을 해줬다. 말투며 목소리며 얼굴 표정이 엄마와 판이하게 달랐다. 세은이는 몇 번이나 고맙다는 인사를 한 후 약국을 나왔다. 마음에 쏙 드는 약사 언니였다.

"사라가 살이 찌는 것 때문에 스트레스를 너무 받아 그런가? 아니야. 살은 1학기보다 좀 빠졌던데? 그보다는 목사인 아빠가 성경구절을 외우라는 것 때문에?"

아무래도 성경구절 암기가 원인 같았다. 어려서부터 강제로 외우게 했을 테니, 스트레스를 많이 받았을 게 확실했다. 누가 시켜서 억지로 하는 것은 무엇이든 스트레스를 팍팍 주었다. 사라 아빠도 그다지 좋은 아빠는 아닌 것 같았다.

"그게 얼마나 큰 스트레스가 됐으면 그런 병에 다 걸렸을까? 하기는 나도 요즘 집에서 엄마하고 예은이 때문에 스트레스 엄청 받지. 독후감 숙제 때문에도 그렇고, 바퀴벌레 때문에도 그렇고."

갑자기 사라가 좀 불쌍하게 여겨졌다. 아까까지만 해도 집에 나타난 바퀴벌레를 잡아서 사라 책가방에 몰래 넣으면 좋겠다는 생각을 했었다. 그런데 그런 병을 앓고 있다니, 가슴 한쪽이 뻐근했다.

"예은이가 5학년 꼽슬머리 남자애한테 맞는 것도 말려주고, 데리고 가서 씻겨주고, 또 집에까지 바래다도 주고, 먹을 것도 주고. 방주교회에 한번 가볼까?"

방주교회 간판을 쳐다보며 잠시 망설이다 그만두었다. 여전히 사라에 대한 의심을 지울 수 없었고 무엇보다 얼른 집에 가서 바퀴벌레 약부터 뿌리는 게 급선무였다.

"그 징그러운 바퀴벌레가 내 방에? 으, 왕 소름!"

새벽에 본 바퀴벌레가 떠올라 온몸에 대추알만 한 소름이 빼곡히 돋고 이빨이 바드득 갈렸다.

집에 가니 예은이가 먼저 와 있었다. 안방에서 텔레비전을 보며, 헤헤헤! 간사한 염소 웃음소리를 냈다. 말을 붙이기 싫었다. 그러나 바퀴벌레를 잡아 죽일 때까지만 엄마와 예은이랑 말을 좀 하기로 했다. 아주 최소한으로. 공동의 적인 바퀴벌레를 연합을 해서 잡으려면 어쩔 수 없었다.

"너, 오늘 사라네 교회에 안 들렀어?"

"들렀었는데 교회문이 닫혀 있어서 그냥 왔어. 바퀴벌레 약은 사왔어?"

"응! 세 통!"

비닐봉투를 흔들어보이자 예은이가 다가왔다.

"그럼 빨리 뿌리자, 언니! 나, 바퀴벌레 나올까 봐 많이 무서 웠단 말야."

"그래. 얼른 뿌리자!"

세은이는 비닐봉투에서 살충제 통 세 개를 꺼내 바닥에 늘어놓 았다.

"나는 내 방에 뿌릴 테니까, 너는 안방에 뿌려. 가구 아래 틈 과 옆 틈에 골고루 충분히 뿌려! 그래야 숨어 있는 놈들도 다 죽는 거야."

"알았어, 언니!"

세은이는 자기 방문을 살며시 열고 들어갔다. 들어가자마자 즉시 살충제를 뿌리기 시작했다. 입구에 지저분하게 널려 있는 박스들부터 시작해서 서랍장, 옷장, 책상, 침대 순으로 두 바퀴 나 돌면서 골고루 뿌렸다. 그러고도 모자라 한 통을 더 가져와 사방 벽면과 천장에도 뿌렸다. 그랬더니 방 안이 살충제로 홍 수가 날 지경이었다. 냄새도 역겨워 숨을 쉴 수가 없었다. 얼른 밖으로 나와 문을 꽝 닫았다.

"흥! 왕 바퀴 네놈이 거기서 살아나면 내가 성을 간다, 성을! 오 씨를 구 씨로 갈겠다."

반이 채 남지 않은 살충제는 주방에 드문드문 뿌렸다.

"됐다. 이제 두 시간 정도만 지나면 우리 집의 바퀴벌레는 씨가 마를 거야."

"언니, 같이 텔레비전 보자! 좀 있으면 만화영화 재미있는 거 해."

"그래 좋아!"

오랜만에 동생이랑 나란히 앉아 텔레비전을 보았다. 국산 만화 영화였다. 살충제 냄새가 독했으나 만화영화가 너무 웃겨서 그 것도 느끼지 못했다. 못생긴데다 어리벙벙한 애벌레 두 마리가 티격태격 좌충우돌하며 살아가는 이야기였다. 얼마나 우스운 지 옛날에 보았던 미국 만화영화 톰과 제리보다 더 웃겼다. 하 도 웃어서 배꼽이 다 아팠지만 스트레스가 조금이나마 해소된 것 같아 기분이 괜찮았다.

두 시간 후 바퀴벌레가 죽었는지 확인을 해보기로 했다.

"예은아, 환기부터 좀 시키고 꼼꼼히 찾아보자!"

"응, 언니!"

살충제 냄새가 너무 지독해 머리가 지끈지끈 아팠다. 냄새가 빠져나가라고 창문과 현관문을 활짝 열어두었다.

"약이 이렇게 지독한데 제 놈이 안 죽고 배겨?"

"맞아, 언니! 분명히 죽었을 거야."

"내 방부터 확인해보자."

세은이는 자기 방으로 들어가서 왕 바퀴벌레를 찾기 시작했 다. 옆구리가 터진 박스들과 엄마가 뿌린 쓰레기들을 일일이 치워가며 샅샅이 뒤졌다. 예은이와 둘이 한 시간 동안 눈이 시 큰하도록 수색을 했다. 그러나 보이지 않았다.

"틀림없이 죽었어. 약을 그렇게 많이 뿌렸는데 살아남았으면, 그게 어디 바퀴벌레야? 괴물이지 괴물! 바퀴 몬스터, 바퀴 사우루스 말야."

"근데 그 바퀴 몬스터가 죽었으면 왜 안 보여? 여기 방바닥 어디에 죽은 채 있어야지."

"약을 맞고 괴로워 하다가 어디 구석에 기어 들어가 죽었겠지. 안 보이는 데서 말야. 분명해! 이제 됐어. 안심해도 돼!"

하지만 예은이는 의심이 가시지 않은 눈으로 방 안을 이리 저리 살펴보았다. 얼마간 그러더니 방문을 가리켰다.

"저 문틈으로 빠져나가 주방에서 죽었지 않았을까?"

"낡은 아파트라 문 위쪽에 틈이 많이 벌어졌으니까, 아마 그럴 수도."

둘이서 주방으로 나가 다시 뒤지기 시작했다. 주방과 안방까지 빠짐없이 뒤졌으나 역시 허탕이었다. 그 어디에서도 죽은 왕 바퀴벌레를 찾을 수 없었다.

"봐! 없지? 틀림없이 어디 안 보이는 구석에 들어가서 죽었을 거야. 으헤헤!"

"그런가 봐, 언니! 이제 안심이다. 근데 이걸 어떡해? 집이 완전 난장판이야."

죽은 바퀴벌레를 찾느라 온 집 안을 다 헤집어놓아 빌딩 공사 장보다 더 지저분하고 혼란스러웠다. 엄마가 보면 기절초풍을 할 정도였다.

"이제부터 빨리 치워야지. 엄마 오기 전에. 네가 좀 도와줘!"

"좋아! 오늘 딱 한 번만. 대신 다음에 막대사탕 사줘! 엄마한 테는 말하지 말고."

"알았어. 이 바퀴벌레 같은 것아!"

"헤헤헤!"

어질러진 물건들을 다 치우고 대충이나마 청소를 하느라 땀을 뻘뻘 흘렸다. 그러고 났더니 힘이 다 빠져 몸이 문어처럼 흐느적거렸다. 둘이 안방 방바닥에 그대로 큰대자로 뻗었다. 해는 벌써 져서 창밖이 캄캄했지만 세은이와 예은이는 저녁밥을 먹을 생각은 않고 누워서 숨을 헐떡였다. 그러다 피곤을 이기지 못하고 잠이 들고 말았다. 잠이 부족했던 둘은 프르르! 크르르! 코 골기 경쟁을 하면서 꿈속을 헤맸다. 엄마가 돌아와 흔들어 깨울 때까지.

엄마가 사온 떡볶이와 찬밥으로 늦은 저녁을 먹고 세은이는 자기 방으로 가서 잠자리에 들었다. 청소를 깨끗이 했다고 엄마한테 칭찬을 들은 데다, 더럽고 징그러운 바퀴벌레를 없애고, 형광등 갓에 빼곡하던 거미줄까지 걷어내 모처럼만에 안락하게 깊은 잠이 들었다.

여명이 터서 창문이 훤히 밝을 때쯤,

"다닥다닥! 다다다닥!"

꿈결에 들리는 엄마의 도마질 소리가 귀를 부드럽게 자극해 눈을 떴다. 그런데 주방에서 들려오던 도마질 소리가 뚝 그쳤다.

그리고 채 일 분이 지나지 않아서였다.

"끼악−!"

엄마의 비명 소리가 집을 뒤흔들었다.

그 소리에 세은이는 반사적으로 몸을 일으켜 주방으로 달려갔다. 안방에서 잠자던 예은이도 놀라 달려왔다.

"왜 그래, 엄마?"

"엄마, 무슨 일이야?"

"저저저저……."

엄마는 사시나무 떨듯 덜덜덜 떨면서 부엌칼을 든 손으로 싱크대 위쪽 수납장을 가리켰다. 전에 엄마가 메모 쪽지를 붙여놓았던 그 자리였다.

있었다. 수납장 문짝에 그놈이 있었다. 틀림없이 그 바퀴벌레였다. 왕 바퀴 녀석이 거꾸로 붙어 가스레인지에서 보글보글 끓고 있는 돼지고기 찌개를 내려다보는 중이었다. 마치 먹고 싶어서 입맛을 쩝쩝 다시는 듯한 표정이었다.

"뭐해, 엄마? 빨리 죽여야지!"

"죽여? 잘못하면 찌개 속으로 떨어질 텐데? 그러면 이 아까운 찌개를 다 버릴 텐데?"

"그럼 어떡해?"

이러지도 못하고 저러지도 못하고, 엄마는 한동안 그저 물끄러미 지켜보고만 서 있었다. 바퀴벌레는 조금도 움직이지 않고 여전히 같은 자세로 붙어서 돼지고기 찌개를 내려다봤다.

저도 사람들이 있다는 걸 감지했을 텐데, 도대체 도망갈 생각을 하지 않았다. 세은이는 용기를 내어 가까이 다가가 자세히 살폈다.

그때였다. 왕 바퀴벌레가 천천히 몸을 돌리는가 싶더니 느릿느릿 움직여 수납장과 벽 틈새로 들어갔다. 잡을 테면 잡아 보라는 듯 아주 거만한 동작이었다.

"저, 저놈 저거 간덩이가 부은 놈 맞아. 저 거들먹거리면서 움직이는 동작 좀 봐!"

전속력으로 죽어라 도망쳐도 부족할 판에 마치 산보하듯 어슬렁어슬렁 걸어가다니? 세은이도 기가 막혀 그만 입이 떡 벌어졌다.

"살충제를 그렇게 뿌렸는데도 안 죽다니? 세은아, 아무래도 더 독한 걸로 뿌려야겠다."

"더 독한 거?"

"그래! 나, 이대로는 이 집에서 못 살아! 왕 바퀴 저 놈 확실히 죽여야 해. 엄마가 돈 줄 테니까, 이따 더 독한 거 사다가 다시 골고루 뿌려!"

엄마가 출근하고 나서 아홉 시쯤, 예은이는 토요일이라 좀 더 잔다며 다시 잠이 들었다. 세은이도 더 자고 싶었으나 바퀴벌레 때문에 잠이 올 것 같지 않았다. 어느 구석에 숨어 있다가 기어 나올지 몰라 불안했다.

"가서 약이나 사오자."

혼자 집을 나섰다. 토요일인 데다가 아침시간이라 거리는 한산했다.

약국이 문을 안 열었으면 어떡하나, 걱정했는데 다행히 문이 열려 있었다.

"약사 언니, 안녕하세요?"

"어, 어서 와요!"

"바퀴벌레 약 또 사러 왔어요."

"또? 어제 세 통이나 사갔었잖아요?"

놀란 약사 언니의 두 눈이 왕방울로 변했다. 주먹보다 더 컸다.

"그거 다 뿌렸는데 바퀴벌레가 한 마리도 죽지 않았어요."

"그래요? 세 통이면 꽤 많은 양인데. 바퀴가 내성이 생겼나 보다. 그러면 잘 안 죽거든요."

"그래서 엄마가 더 독한 다른 걸로 사다가 뿌리라며 돈을 주고 출근하셨어요."

"바퀴벌레 약이 다 비슷비슷해요! 성분도 거의 같고."

약사 언니는 살충제를 내주지 않고 머뭇거렸다. 그냥 돈이나 받고 팔면 그만일 텐데, 왜 그러는지 의아했다.

"그래도 다른 걸로 주세요. 세 통이요."

"또 세 통? 너무 많은데. 세 통을 한꺼번에 다 뿌리려고요?"

"다 뿌려야죠."

약사 언니가 고개를 가로저었다.

"안 돼요! 위험해요! 다 뿌리려면, 내일모레 월요일 날 아침

에 뿌린 다음에 모든 문을 꼭꼭 닫고 학교에 가요. 학교 갔다
와서 환기부터 싹 하고 자세히 살펴봐요. 그러면 아마 효과가
있을 거예요."

"아, 그래요? 그럼 그렇게 해볼게요. 그리고 언니, 저한테 존
댓말 쓰지 말아요. 불편해요. 저는 이제 중학교 1학년이에요."

"그래. 이제부턴 안 쓸게."

약값을 지불한 후 바퀴벌레 약을 받아들고 밖으로 나갔다.
그리고 열대여섯 걸음 갔을 때, 뒤에서 크게 부르는 소리가 들
렸다. 가느다란 목소리였다. 세은이는 약값 계산이 잘못된 줄
로 알고 걸음을 멈췄다.

"세은아! 오세은!"

돌아보니 사라였다. 사라가 지하에 있는 교회로 내려가려다
가 다가왔다. 세은이는 가슴이 철렁 하더니 발이 땅에 들러붙
어서 떨어지지 않았다. 하필 여기서 저 악마의 손을 만나다니?
완전 재수 없는 날이었다. 제자리에서 우물쭈물하고 있는 사이
사라가 바로 앞에까지 와서 섰다.

"세은이 맞구나."

"어, 사라야!"

"너, 아침 일찍 여기 웬일이니?"

학교에서와는 달리 사라가 밝게 웃는 얼굴로 물었다. 어제 학
교에서 시비를 걸었던 일을 까맣게 잊어버린 듯했다.

"아! 바퀴벌레 약 사가지고 돌아가는 중이야."

"바퀴벌레? 웩! 나 바퀴벌레 싫어! 우리 교회에도 바퀴벌레 나와서 약 종종 뿌려."

이번에는 사라가 인상을 잔뜩 쓰며 고개를 저었다.

"교회에도 바퀴벌레가 있구나! 근데 왜 하나님이 바퀴벌레를 만든 거니?"

"그건 나도 잘 몰라. 뭐, 필요하니까 만드셨겠지!"

"치! 바퀴벌레가 어디에 필요해?"

말도 되지 않았다. 바퀴벌레가 필요하다니? 세은이는 속으로 킁킁 웃었다.

"글쎄? 이 세상에 존재하는 건 뭐든 다 소용이 있다고, 우리 아빠가 그랬어."

"나는 그 말 이해가 안 된다. 인간한테 해만 끼치는 게 뭔 소용이 있어? 근데 오늘 토요일인데 예배 보니?"

"아니! 교회 청소하려고 일찍 내려왔어."

청소라는 대답에 세은이는 사라를 멀뚱멀뚱 쳐다봤다. 학교 청소는 하지 않고 요리조리 빠지는 사라가 교회 청소는 잘하는 모양이었다.

"교회 청소? 그걸 너 혼자서 해?"

"응. 혼자서 천천히 해! 운동 삼아서."

"하기 싫지 않아?"

"하나도 싫지 않아! 엄마를 돕는 일인데 뭐. 용돈도 벌고."

당연히 자기가 해야 할 일을 한다는 듯한 대답이었다. 학교에서와는 완전 딴판인 행동에 세은이는 어안이 벙벙했다.

"청소하는데 용돈도 줘?"

"응. 한 번 하는데 삼천 원. 너는 집에서 청소 안 해?"

"왜 안 해! 나 청소해. 설거지에 빨래도 다 내가 해. 나 완전 노예야, 노예! 중학생이 되고부터 가여운 콩쥐가 돼버렸다고."

진담 반 농담 반으로 그렇게 말하자, 사라의 입이 하마 입이 되었다.

"설거지에 빨래도? 나는 엄마가 설거지는 못하게 해! 그릇 깨트린다고."

그럴 만도 했다. 크고 투박한 손으로 설거지를 하면 그릇깨나 깨트릴 게 뻔했다. 저런 손으로 뭘 할 수 있겠어? 밥 퍼먹는 거나 잘하겠지! 세은이는 곁눈으로 사라의 큼직하니 못생긴 손을 내려다보며 속으로 비아냥거렸다.

"아차! 니 동생 예은이가 니 자랑 많이 하더라."

"뭐? 내 동생이 내 자랑을 해? 무슨 자랑?"

예은이가 대체 무슨 자랑을 한다는 건지 궁금해서 사라에게 한 발 다가섰다.

"라면도 맛있게 잘 끓이고, 머리도 똑똑하고, 종이접기도 잘 하고……."

"별꼴이네. 흥!"

믿어지지가 않아 콧방귀가 터져 나왔다. 하지만 기분이 나쁘지 는 않았다.

"나는 손이 크고 두꺼워서 종이접기 진짜 못하는데."

사라가 자기 손을 펴 보이며 말했다. 세은이는 사라의 손을 쳐다보기가 꺼림칙해 눈길을 돌렸다.

"세은아, 나 하나만 접어줄래? 예쁘게."

"음! 그, 그래. 뭘 좋아하는데?"

건성으로 물었는데 사라가 기다렸다는 듯이 대답했다.

"개구리!"

"뭐뭐? 개구리?"

"응! 난 개구리가 참 귀여워! 예전에 〈개구리 왕눈이〉 만화 영화 엄청 좋아했었어! 그래서 비디오테이프가 녹아서 끊어지도록 돌려봤었어."

개구리를 잡아 자기 가방에 넣어서 기절을 시키려고 했던 일을 눈치채고 있는 건지, 아니면 정말로 개구리를 좋아해서 그러는 건지, 판단을 할 수가 없었다. 〈개구리 왕눈이〉라는 만화영화는 세은이도 어렸을 때 즐겨봤었다. 아빠가 사준 그 만화영화 CD 세트가 이삿짐 박스 어디에 들어 있을 것이었다. '개구리 소년, 개구리 소년, 네가 울면 무지개 연못에 비가 온단다. 비바람 몰아쳐도 이겨내고, 일곱 번 넘어져도 일어나라. 울지 말고 일어나, 피리를 불어라. 빌리리 개굴개굴 빌리리리. 빌리리 개굴개굴 빌리리리.' 재밌게 따라 부르던 주제가도 기억났다.

"근데 그건 내 동생이 과장해서 내 자랑을 한 거야. 나 종이 접기 그렇게 잘하지 못해. 사실 나 잘하는 거 없어!"

"아니야. 사춘기라서 짜증을 잘 부려서 그렇지, 너 잘하는 거 아주 많댔어."

사춘기라는 말이 나오자 세은이는 이맛살을 찌푸렸다. 즉시 반박을 했다.

"나, 사춘기 아냐. 사라 네가 사춘기지. 너, 이마에 뺨에 여드름 났잖아?"

"이거 여드름 아냐. 그냥 피부질환이야."

"그러니?"

세은이는 의아해서 고개를 갸웃거리면서도 더 이상 따지지 않았다. 분노조절장애라는 병을 앓고 있는 사라가 갑자기 화를 낼까 봐 두려워서였다.

"세은아, 너 우리 교회에 나와. 네 동생은 일요일부터 나온다고 했어."

"글쎄! 나는 가만히 앉아서 설교 듣고 그러는 거, 지루해서 싫은데!"

"우리 아빠는 지루하게 안 해. 일단 한번 나와 봐. 응?"

역시 결론은 교회에 나오라는 거였다. 싫다고 똑 부러지게 말하기가 뭐해 대충 얼버무렸다.

"생각 좀 해보고."

그러고는 얼른 자리를 피했다.

"개구리 소년~ 개구리 소년~ 비바람~ 몰아쳐도 이겨내고 ~ 일곱 번 넘어져도 일어나라~ 울지 말고 일어나~."

집으로 돌아가는 길에 세은이는 노래를 흥얼거렸다. 그러면서 강원도 화천으로 떠난 고성진을 잠깐 생각했고, 성진이가 비바람도 이겨내고 넘어져도 다시 일어나기를 빌었다. 전에 병든 강아지가 앉아 있던 전봇대를 지나가려는 참이었다. 전봇대 바로 옆집 하늘색 대문에 교회 신도라는 표식이 붙어 있는 게 눈에 띄었다. 사라네 교회 표식이었다.

"여태 교회에는 나가본 적이 없는데! 한번 가볼까?"

사라 엄마가 정말 말을 못하는지 알아보고 싶었다. 그리고 성경을 외우라고 강요하는 사라 아빠는 어떻게 생긴 목사인지 확인하고 싶었다. 보나마나 우락부락 무섭게 생긴 사람일 게 분명하겠지만.

방주교회

  일요일, 아침을 먹고 난 세은이는 예은이랑 함께 방주교회로 향했다. 엄마는 모처럼 쉬는 날이라 밀린 집안일을 하느라 바빴다.

  "언니, 교회에 가면서 왜 엄마한테는 놀이터에 가서 놀다 온다고 그랬어?"

  "엄마가 좋아하지 않을까 봐!"

  "엄마가 왜?"

  "엄마 아빠 다 불교신자잖아?"

  예전에 엄마 아빠는 일 년에 두세 차례 경주에 있는 절에 찾아 갔었다. 세은이도 몇 번 따라간 적이 있었다. 예은이도 갔었는데 너무 어릴 때 일이라 기억나지 않는 모양이었다. 엄마 아빠 결혼식 때 주례도 그 절 주지스님이 서주었다고 했다.

"너, 교회 계속 다니려면 당분간 엄마한테 말하지 마! 엄마가 알면 화를 낼지도 몰라."

"알았어. 언니도 계속 다니려고?"

"오늘 가봐서 재미없으면 안 다녀!"

교회는 처음이라서 막상 들어가려니 조금 망설여졌다. 하지만 용기를 내 안으로 들어갔다. 사라가 기다리고 있다가 반갑게 맞아주었다.

"어서 와. 세은아, 예은아!"

지나치게 반가워하는 사라 때문에 쑥스럽고 거부감마저 약간 들었다.

"인사해! 우리 엄마야."

"안녕하세요!"

옆에 서 있는 아주머니에게 인사를 했다. 꽃무늬 투피스 양장을 단정하게 차려입은 호리호리한 아주머니였다. 하지만 사라와는 닮은 데가 없었다. 그런데 정말 놀랍게도 밝게 미소를 짓기만 할 뿐 말을 하지 않았다.

"나 따라와. 내가 자리 안내해줄게."

사라를 따라가서 맨 앞줄의 긴 의자에 앉았다. 연단과는 불과 두어 발짝 거리였다.

"이제 곧 시작할 거야. 내가 성경책하고 찬송가책 가져다줄게."

"응, 그래!"

사라가 다시 뒤쪽으로 가자, 세은이는 천천히 내부를 둘러보았다.

　학교 교실 하나 반 크기 정도 되는 조그마한 교회였다. 신도들도 얼마 없어 오십 명이 될까 말까였다.

　"언니, 사라 언니 엄마 봤지? 말 못하지? 그치?"

　"응! 그런 것 같아. 사라랑 닮지도 않았고."

친엄마가 맞나, 의심이 들 정도로 닮은 구석이 전혀 없었다. 눈치채지 못하게 몇 번이나 살펴봐도 마찬가지였다.

　예배 시작 시간이 되었다. 드디어 연단에 목사님이 등장했다.

　"으응?"

세은이는 못 볼 거라도 본 듯 깜짝 놀라 눈을 똥그랗게 떴다. 그러고는 눈꺼풀을 깜박이지도 않고 뚫어져라 쳐다보았다. 놀라기는 예은이도 똑같았다.

　"언니, 저 사람이 사라 언니 아빤가 봐!"

　"그런 것 같은데……!"

하얀 얼굴에 작은 체구였다. 게다가 우락부락하지 않고 아주 깔끔한 인상이었다. 역시 사라하고 닮은 구석이 전혀 없었다.

　더욱 놀라운 건 사라 아빠는 자기 발로 걸어서 나온 게 아니었다. 사라가 미는 휠체어를 타고 연단 가운데로 온 것이었다. 능숙하게 휠체어를 밀고 나온 사라는 자기 아빠 입 가까이에 마이크를 옮겨 놓았다. 그런 다음 높이를 조절해주고 휠체어 옆 약 일 미터 거리에 똑바로 섰다.

"사라 언니 안 들어가고 왜 저기 서 있는 거야?"

"글쎄? 나도 모르겠어! 옆에 왜 저렇게 서 있는 거지?"

그 이유가 곧 밝혀졌다. 놀라움의 연속이었다.

"여러분 반갑습니다. 오늘 설교 제목은 '일곱 번씩 일흔 번이라도 용서하라!'입니다. 만약에 여러분의 형제나 자매 중에 누가 여러분에게 잘못을 저질러 놓고서 용서를 구한다면, 여러분은 어떻게 하시겠습니까? 우선 성경 마태복음 18장 21, 22절을 보십시다. 그때에 베드로가 예수께 나아와서 가로되 주여, 형제가 내게 죄를 범하면 몇 번이나 용서하여 주리이까? 일곱 번까지 하오리이까? 예수께서 가라사대, 네게 이르노니 일곱 번뿐 아니라 일흔 번씩 일곱 번이라도 할지니라."

용서를 그렇게나 많이 해주라고? 성경구절의 내용은 이해가 잘 안 되었다. 그러나 휠체어 목사의 목소리는 부드럽고 낮았다. 목소리에 불필요한 힘을 넣지 않아 마치 조용히 이야기를 하는 듯했다.

"우리 인간은 완전하지 않습니다. 모두 불완전한 인간이지요. 그러므로 살다 보면 실수를 해놓고서 후회를 하고, 잘못을 저지르고 반성을 하고, 또 죄를 짓고서 용서를 구합니다."

세은이는 귀로는 휠체어 목사의 설교를 들으면서 눈으로는 사라의 손동작을 살펴봤다.

"사라가 저런 것까지 해? 정말 놀랍다!"

"나도 놀랐어, 언니!"

휠체어 목사의 설교 내용을 수화로 통역하느라 사라는 두 손을 바쁘게 움직였다. 양쪽 손의 손가락을 오므렸다 폈다, 가지가지 형태로 바꿔가며 잠시도 멈춤이 없었다. 세은이는 고개를 가만히 돌려 주위를 살펴보았다.

"예은아. 저쪽 좀 봐봐!"

통로에 휠체어를 탄 사람이 몇 명 더 있었다. 그리고 곳곳에 농아자로 보이는 사람들도 여럿 눈에 띄었다. 가슴이 뭉클해짐을 느낀 세은이는 연단에 서 있는 사라와 눈을 맞췄다. 사라가 열심히 수화 통역을 하면서 살짝 웃어주었다.

"언니, 사라 언니 짱 멋있다! 수화 짱 잘한다. 그치?"

"응!"

"나, 저 수화 가르쳐 달랠 거야."

세은이도 수화를 배우고 싶었다. 입으로가 아니라 손으로 다른 사람과 대화를 할 수 있다는 게 흥미로웠다. 혼자서 하는 종이접기보다 재미있을 것 같았다.

"자, 형제자매 여러분! 이제 모두 찬송 후 기도를 드리도록 하십시다."

한 시간 반 정도 차분하게 이어지던 설교가 끝났다. 그런데도 가슴을 울리는 호소력이 있었다. 조금도 지루하지 않은 설교였다. 휠체어 목사와 사라를 번갈아 살펴보느라 세은이는 지루함을 전혀 느끼지 못했다.

"세은아, 예은아, 이리 올라와!"

사라가 부르자 연단으로 올라갔다.

"아빠, 내 친구 세은이야. 나랑 같은 반인데 아주 친한 친구야!

"아, 네가 우리 사라 친구구나. 반갑다! 와줘서 고맙고."

"얘는 세은이 동생 예은이. 어때? 귀엽고 깜찍하지? 게다가 아주 똑똑해!"

"오! 예은이! 정말 귀엽고 예쁘게 생겼네! 우리 사라한테 얘기 들었어. 와줘서 고맙다!"

사라 아빠한테 인사를 하는 사이 다른 사람들은 긴 의자를 이리저리 이동시켰다. 그러더니 몇 개씩을 이어 붙여 길쭉한 식탁 두 개를 만들어 놓았다.

"함께 점심 먹는 시간이야."

"함께 점심을?"

"응! 우리 교회는 매주 일요일 예배 후에는 함께 점심을 먹어. 점심 먹으면서 서로 안부도 묻고 여러 이야기도 나누고 그래. 자, 내려가자!"

각자 집에서 정성스레 만들어 싸온 음식들이 식탁에 가득 차려졌다. 뷔페나 다름없었다. 보기만 해도 입안에 군침이 가득 고였다.

"이 접시하고 포크 들어. 그리고 먹고 싶은 음식 담아서 먹으면 돼."

"와! 신난다! 사라 언니, 두 번 먹어도 돼?"

"그럼! 몇 번이고 마음껏 먹어!"

예은이는 입이 함지박만큼 벌어져 접시에 음식을 덜어 담느라 정신이 없었다.

세은이도 김밥, 닭튀김, 잡채, 오징어 볶음 등으로 한 접시를 채웠다. 그리고 사라랑 빈자리에 앉아 이야기를 하며 먹었다.

"사라 너, 수화는 언제부터 배운 거야?"

"작년에 일 년 동안 배워서 올해부터 연단에 서서 통역하는 거야."

"누구한테 배웠어?"

"우리 아빠한테 배웠어. 우리 아빠는 못하는 게 없어. 별거 별거 다 잘해!"

사라는 자기 아빠 자랑을 줄줄이 늘어놓았다. 자랑이 끝도 없이 이어졌다.

그런 사라를 보고 있으려니 세은이는 자신이 자꾸 부끄러워졌고 사라가 자꾸 좋아졌다. 사라라면 무조건 싫었었는데. 내가 사라를 오해했던 거야. 김밥을 씹다 말고 사라에게 물었다.

"저, 사라야! 너희 아빠 휘, 휠체……."

"아! 내가 애기였을 때 교통사고를 당해서 하반신이 마비되셨어. 그리고 우리 엄마는 말을 못하는 농아인이야."

세은이는 사라 엄마, 아빠가 사라의 친부모인지도 묻고 싶었으나 끝내 입을 열지 못했다. 본인이 말하지 않는데 굳이 꼬치꼬치 물어 캐내는 건 좋지 않다는 생각이 들었다. 그래서 그냥 모르는 척하기로 마음먹었다. 어쨌든 세 명이 나름 잘 어울리는 가족이라 부러웠다.

집으로 가니 엄마가 음식을 만들고 있었다.

"너희 왜 이제 들어오니? 배 안 고파? 엄마는 지금 김치볶음밥 만드는 중이야."

"응! 안 고파. 교회에서 많이 먹었어."

입 가벼운 예은이가 그만 실수를 하고 말았다. 순간, 세은이는 가슴이 철렁했다.

"교회에서 먹었다니? 그게 무슨 소리야?"

"저, 그게……."

세은이는 솔직하게 말하기로 했다. 거짓말을 했다가는 오히려 더 크게 혼이 날 게 뻔했다.

"내 친구 사라 있잖아? 저번에 예은이 때린 5학년 남자애 혼내줬다는 그 애."

"그래!"

"그 사라 아빠가 초원아파트 상가 지하 교회 목사님이야. 그래서 한번 구경 가본 거야."

일단 거기까지 말해놓고 엄마의 표정을 살폈다. 엄마가 두 눈을 몇 차례 빠르게 끔벅였다. 세은이는 엄마가 무슨 말을 할지 긴장이 되어 마른침이 꿀꺽 넘어갔다.

"그런데 거기서 점심도 줘?"

"응, 엄마!"

옆에서 엄마의 눈치를 살피던 예은이가 먼저 나서서 설명했다. 음식이 무엇 무엇이 차려졌고부터 시작해서, 사라 엄마와 사라 아빠에 대해서까지 별별 얘기를 다 꺼내놓았다. 그래놓고 조심스레 물었다.

"엄마, 나 그 교회 다니면 안 돼? 일요일에만."

엄마의 대답을 기다리는 예은이의 눈빛이 애원에 가까웠다. 세은이도 초조한 마음으로 엄마의 입에 시선을 고정시켰다.

"그건 뭐, 네 맘대로 해. 민주국가에서 종교는 자유니까."

"와! 우리 엄마 최고!"

예은이가 엄마를 와락 끌어안았다. 세은이는 엄마의 싱거운 대답에 씨익 웃고 말았다.

"단, 신앙을 빙자한 이상한 종교집단이 아니라야 해! 요즘은 비정상적인 괴상망측한 교회도 많으니까."

"비정상적인 교회? 어떤 교회?"

세은이는 구체적으로 알고 싶었다. 걸핏하면 정상, 비정상을 들먹이는 엄마를 보니 떠오르는 기억이 있어서였다.

"텔레비전에 많이 나왔잖아? 목사 자기가 예수니 하나님이니 헛소리나 해대고, 신도들한테 헌금이나 강요하고, 집을 나와 공동체 생활을 해야지만 구원을 받는다고도 하고, 뭐 그런 교회들 말야. 그게 바로 비정상적이고 비상식적인 거지!"

더 알아봐야 알겠지만 다행히 그런 교회는 아닌 것 같았다.

"그런 곳은 아닌 것 같아, 엄마! 아주 정상적이고 분위기가 조용하면서도 화기애애해!"

"으응! 그럼 다녀봐. 절에 다니면 더욱 좋겠지만!"

"근데 참! 엄마, 절에는 왜 안 가? 몇 년 전부터 안 갔잖아? 옛날엔 일 년에 두 번 정도 갔었는데."

"아빠도 바쁘고 엄마도 바쁘니까 못 갔지 뭐. 절이 멀기도 하고."

엄마가 똑 부러지게 대답을 못하고 얼버무렸다.

"그 절 혹시 비정상적인 괴상한 절 아니었어?"

"뭐? 아니야. 정상적인 절이야."

"내 기억에는 굿 같은 것도 하고 제단에 돈도 많이 놓고 그랬던 것 같은데?"

"아니래도. 지극히 정상적인 절이라니까. 비정상적인 절이면 엄마나 아빠나 왜 갔겠니?"

엄마가 목소리를 한 옥타브나 높여 정상적임을 강조했다. 과민 반응이었다.

정상과 비정상을 속으로 되뇌던 세은이는 목청을 가다듬었다. 엄마한테 따지고 싶은 게 있었다.

"엄마, 저……."

"응! 뭐?"

갑자기 아빠가 사우디로 아무 말 없이 떠나고, 여태껏 편지도 한 장 없고, 엄마가 자세히 설명도 안 해주는 건 정상이야? 그

말이 입안에서만 맴돌 뿐 밖으로 나오지 않았다. 엄마의 성질을 건드려 공연히 긁어 부스럼을 만들지도 모른다는 두려움이 입을 걸어 잠갔기 때문이었다.

"저, 용돈 좀 올려주면 안 돼? 사라는 교회 청소할 때마다 삼천 원씩 받는다는데."

"그 애는 집이 아닌 넓은 교회를 청소하는 거잖아? 너는 좁은 아파트의 엄마 살림을 좀 거들어주는 거고. 그런데 뭘 용돈을 올려 달래? 중학교 1학년이면 집안 사정 뻔히 알 텐데?"

"단돈 천 원만이라도."

"뭐? 단돈 천 원? 단돈 백 원도 안 돼! 지금 우리 집 완전 비상사태야."

"치히!"

세은이는 입술을 삐죽이 내밀었다. 거절할 걸 예측을 했지만 기분이 좋지 않았다.

"너희 정말 이 볶음밥 안 먹을 거야?"

"안 먹는다니까!"

목소리가 높아졌다.

"그럼 엄마 혼자 다 먹어야겠네. 참, 세은아! 바퀴벌레 약은 내일 아침에 뿌리라고 했다며?"

"내가 내일 아침에 뿌리고 학교 갈 테니까, 엄마는 걱정하지 마!"

또 한 번 소리 높여 대답한 세은이는 자기 방으로 들어가서 문을 꽝 닫았다.

왕 바퀴가 나타나지 않을까, 방 안을 살피다가 책상 앞에 앉아 종이접기를 했다. 성진이가 작별 선물로 준 나팔꽃을 보고 똑같이 접었다. 하나하나 늘어나는 나팔꽃의 수만큼 화난 기분이 조금씩 풀어지기는 했다.

"아, 이제 그만 접고 빨리 독후감 쓰자."

책상 위에 나팔꽃이 열다섯 개나 쌓였을 때 종이접기를 그만두고 노트를 꺼내 펼쳤다. 그러고는 어금니를 악물고서 정신을 집중했다. 펼쳐놓은 노트를 뚫어져라 내려다보았다. 곧 하얀 여백이 점점 넓어지더니 나중에는 학교 운동장만큼이나 되었다. 그러자 생각이 더욱 더 막혀버렸다. 또 아까운 시간만 자꾸 흘러갔다. 그에 따라 마음이 한층 더 불안하고 초조해졌다.

"단 한 줄만이라도 써보자."

연필을 노트 줄 첫 칸에 가져다 댔다. 하지만 이번에는 연필이 움직이지 않았다. 아무리 힘을 줘도 강력 접착제로 붙인 것처럼 옴짝달싹하지 않았다. 바윗돌을 삼킨 것처럼 마음이 점점 무거워져 돌아버릴 것만 같았다. 2주일이 아니라 이십 일 더 시간을 준다고 해도 못 쓸 것 같았다.

"에이 씨! 안 쓴다, 안 써!"

결국 한 글자도 못 쓰고 포기하기로 했다. 선생님한테 꾸중을 듣고, 한 달 동안 화장실 청소, 그거 아무 불평 없이 받아들이기로 했다.

"화장실 청소? 하지 뭐! 이유야 어떻든 숙제 안 한 내 잘못이니까, 벌 달게 받지 뭐!"

그렇게 결심을 하고 났더니 냉수 세척이라도 한 것처럼 속이 후련했다. 머리도 맑아져 깊은 산속 옹달샘 물 같았다. 하늘로 날아오르기라도 할 듯 마음도 가볍고 몸도 가벼웠다. 야호! 골치 아픈 숙제로부터의 해방이었다.

"아, 저거를 여기에 붙여보자."

독후감 쓰기 숙제를 포기한 세은이는 아까 접어놓은 나팔꽃을 침대 옆 벽면에 붙이기 시작했다. 먼저 성진이가 준 보라색 나팔꽃을 가운데에 붙인 다음 그것을 중심으로 자기가 접은 나팔꽃을 붙여나갔다. 적당한 간격을 두고 다 붙이기까지는 시간이 꽤 걸렸다.

"와! 그럴 듯한데. 이쪽에 몇 개 더."

부족해 보이는 곳에는 몇 개를 더 접어서 붙이고, 내친김에 나비도 몇 마리 접어서 나팔꽃들 사이에 붙였다. 그랬더니 방 한쪽 벽면이 예쁜 꽃밭으로 변했다.

"방 분위기가 확 살아나네. 진작에 이렇게 해놓을 걸!"

나팔꽃밭을 바라보며 흡족해하고 있는데 예은이가 방문을 열고 들어왔다.

"우와! 짱 멋있다, 언니! 잠자고 있는 줄 알았더니 언제 이걸 다 접어서 붙인 거야?"

"왜 들어왔어?"

"엄마가 저녁 먹으래."

"벌써?"

시간을 확인하니 여섯 시 반이었다.

"엄마가 카레 만들어 놨어. 맵지도 않고 아주 맛있어. 빨리 와!"

"알았어."

안방으로 가니까 밥상에 정말 카레가 차려져 있었다.

"예은이가 카레 먹고 싶대서 급하게 만들었어. 어서 먹어 봐!"

"엄마, 언니 방에 가서 침대 쪽 벽면 한 번 봐봐!"

"왜?"

"언니가 짱 예쁘게 꾸며 놨어!"

세은이는 자기 방으로 엄마가 가서 구경하기를 은근히 바랐다. 보고 와서 예쁘게 꾸몄다고 칭찬해주기를 기대했다.

"언니가 나팔꽃하고 나비를 많이 접어 붙여서 아주 꽃밭을 만들어 놓았다니까. 가서 봐봐!"

"나중에. 세은아, 저 텔레비전이나 뉴스하는 채널로 돌려 봐. 어서!"

세은이는 신경질적으로 채널을 돌려줬다. 그러고서 벌떡 일어 나 자기 방으로 갔다.

"카레 왜 안 먹니? 다 먹지!"

"맛없어!"

"왜 맛이 없다는 거야? 엄마가 정성들여 만든 건데. 와서 먹
어!"

"맛없어서 안 먹는다고."

그렇게 대답한 세은이는 벽에 붙여놓은 나팔꽃과 나비를 하나
하나 떼어냈다. 성진이가 준 보라색 나팔꽃만 남겨두고 다 떼
어버렸다. 꽉 막혀서 조금도 통하지 않는 엄마를 원망하면서.

하나! 둘! 셋!

살충제를 또 세 통이나 뿌렸으나 아무 소용이 없었다. 백약이 무효였다. 며칠 전 왕 바퀴는 화장실 변기 위에서 놀고 있었다. 그리고 그저께는 예은이 책가방 밑에 숨어 있었고, 어제는 현관문 손잡이에 붙어서 엄마의 출근을 이십 분이나 막았고. 심지어 오늘 아침에는 그 놈이 침대 속에서 기어 나와 세은이는 기절초풍을 했었다. 그렇게 왕 바퀴 녀석은 집 안 전체를 홍길동처럼 휘젓고 다녔다. 그야말로 신출귀몰, 동에 번쩍 서에 번쩍이었다.

"그 왕 바퀴는 왜 내 방에 제일 많이 나타나는 거야?"

"언니가 좋은가 봐!"

"뭐어? 그게 말이 되니?"

"언니가 좋으니까 언니 방에 제일 많이 나타나지! 싫으면 나타나겠어? 오라고 빌어도 안 오지!"

왕 바퀴가 세은이 방에 주로 나타나자 예은이는 아예 언니 방에서 자겠다는 말을 꺼내지도 않았다. 엄마의 탱크 소리와 기차 소리를 참아가며 안방에서 귀를 틀어막고 잤다. 그 점은 왕 바퀴 덕임을 세은이도 인정했다.

"그 징그러운 놈, 내가 꼭 잡고 말 거야."

"언니가 어떻게? 계속 실패했는데. 엄마도 완전히 포기하고."

"나는 할 수 있어. 두고 봐!"

"또 파리채로 때려잡으려고? 파리채를 벌써 두 개나 부러뜨렸잖아?"

그동안 학교 앞 잡화점에서 두 번이나 사다가 왕 바퀴를 잡느라 휘둘렀던 파리채를 말하는 것이었다. 바퀴벌레는커녕 새끼 파리도 한 마리 못 잡을 엉터리 파리채였다.

"파리채 말고 다른 방법이 있어."

"어떤 방법?"

"두고 보면 알아. 너는 안방에 가서 텔레비전이나 봐!"

예은이가 빨간 막대사탕을 쪽쪽 빨면서 안방으로 가자 세은이는 우선 방 안을 살폈다. 그 왕 바퀴가 어딘가에 숨어서 지켜보고 있을 것만 같아서였다. 창문 부근과 책상 뒷벽, 천장 형광등 근처를 확인했다. 다행히 눈에 띄지 않았다. 어느 틈새에 기어 들어가 잠이라도 자는가 보았다.

"잘 됐어! 이 틈에 얼른 만들자."

좀 두꺼운 노트 겉장을 네 개나 뜯어서 꼼꼼하게 접어 나갔다. 하지만 시행착오를 여러 번 거듭했다. 그리고 생각대로 되지 않았다. 그러나 포기하지 않았다.

"그때 가족 모두 함께 갔었던 놀이공원의 그것을 응용해야 돼. 나는 할 수 있어!"

두 시간이 넘게 손가락에 쥐가 나도록 접어서 드디어 완성시켰다. 겉모양이 직사각형으로 길쭉한 필통 형태였다. 완벽한 건 아니지만 그런대로 마음에 들었다.

"이게 바로 내가 창안한 마법상자야. 이제 오징어가 필요해!"

돈을 챙겨서 밖으로 나갔다. 안방을 보니 예은이는 텔레비전을 보다가 잠들어 있었다. 잠이 들어서도 막대사탕을 입에 문 채 쩝쩝거렸다. 삐에로 분장을 한 것처럼 입술이 시뻘게져서 아주 우스웠다.

슈퍼마켓에서 마른 오징어를 사온 세은이는 곧장 가스레인지를 켰다. 그런 다음 마른 오징어를 올려 적당히 구웠다.

"아, 냄새 참 좋다! 왕 바퀴도 이 구운 오징어를 좋아하는 게 분명해."

잘 구운 오징어를 도마 위에 놓았다. 불에 오그라들어서 크기가 손바닥만 했다. 다리부분과 머리부분을 잘라내고 몸통만 남겼다. 그러자 손바닥 반 정도로 크기가 줄었다. 식칼을 들어 몸통을 가늘게 채썰기를 했다. 그것을 다시 여러 번 썰어서 쌀알 크기로 만들었다.

"이제 이걸 절구에 넣고 찧어야 해!"

절구를 꺼내 쌀알 크기의 오징어 조각을 다 쓸어 넣고 찧기 시작했다. 잘 찧어지지 않아 아예 힘을 주어 짓이겼다. 팔이 아프도록 계속 으깨고 다졌다.

"됐어. 예은이가 깨서 간섭하기 전에 얼른 만들어야지."

우선 작은 바가지에 물을 반쯤 받은 다음 밀가루를 한 사발 부었다. 거기에 날계란 두 알, 다시다 두 숟가락, 설탕 두 숟가락, 소금 반 숟가락, 식초 한 숟가락, 식소다 반 숟가락을 넣었다. 그리고 고춧가루와 참깨를 솔솔 뿌렸다.

으깬 오징어를 바가지에 옮기고 반죽을 했다. 재료가 골고루 뒤섞이게 고불고불한 반죽도구로 한참 동안 휘저었다. 너무 질어서 밀가루를 더 넣고 다시 휘젓자 곧 적당한 점도의 반죽이 되었다.

"이제 프라이팬에 구우면 돼."

프라이팬을 가스레인지에 올린 뒤 들기름을 둘렀다. 그리고 숟가락으로 걸쭉한 반죽을 떠서 프라이팬 속에 부었다. 금세 지글지글 소리와 함께 고소한 냄새가 피어올랐다. 울퉁불퉁 모양은 좀 못생겼어도 색깔은 노릇하면서도 불그스름하니 예뻤다. 그렇게 너더댓 차례를 반복해서 굽자 오백 원짜리 동전만 한 오징어 쿠키가 접시에 가득 찼다.

"언니!"

"아이, 깜짝이야!"

"지금 뭐 만드는 거야?"

언제 다가왔는지 예은이가 옆에 바짝 서서 물었다.

"너는 몰라도 돼. 가서 더 자!"

"고소한 냄새 때문에 깼어. 와! 언니가 이런 과자도 만들 줄 알았어?"

그 말을 하자마자 예은이가 쿠키 한 개를 집어 입에 날름 넣었다. 두꺼비가 파리 잡아먹는 것보다 동작이 더 빨라 미처 말릴 틈도 없었다.

"와아! 맛있다. 진짜 맛있다! 언니, 나 한 개만 더!"

예은이가 한꺼번에 두 개를 집어서 안방으로 후다닥 도망갔다. 그리고 문을 잠가버렸다.

"야, 그거 먹으면 안 돼!"

크게 소리쳤으나 들은 체 만 체였다. 오히려 더욱 쩝쩝거리며 맛있게 먹었다.

"먹는 거 아니야, 그거!"

"쳇! 내가 언니 말을 믿을 줄 알아? 먹는 과자를 만들어놓고 먹는 게 아니라고 하면, 언니 같으면 믿겠어? 내가 바본 줄 아나 봐. 흥!"

"하! 그럼 믿지 마! 동생이 언니 말도 못 믿고……."

예은이가 나와서 또 채갈까 봐 비닐봉지에 잘 담아서 얼른 방으로 가지고 들어갔다.

"대충 만든 이게 맛있다고? 어디 하나만 먹어보자."

쿠키 하나를 집어 한 입 베어 물었다. 가만가만 씹었다.

"오–!"

이제까지 경험해보지 못한 색다른 맛이었다.

남은 부분을 입에 넣고 우적우적 씹어 꿀꺽 삼켰다. 전체적
으로 달콤, 새콤, 매콤하면서도 고소함이 배어 있었다. 그래서
자꾸 입에 끌렸다.

"이름을 뭐라고 할까? 아, 세 가지 맛이 적절히 섞여 나니까
삼콤쿠키라고 하자!"

또 하나를 집어 입에 넣은 뒤 나머지 쿠키는 책상 서랍 속에 깊
숙이 보관해두었다.

다음날 아침, 밥을 먹고 난 세은이는 등교 채비를 서둘렀다.
늘 그랬던 것처럼 설거지는 학교 갔다 와서 밤에 한꺼번에 해
치우기로 하고 책가방을 챙겼다. 그런 다음 옷을 입고 나서 방
안을 둘러보았다. 왕 바퀴는 여전히 눈에 띄지 않았다. 아주 꼭
꼭 숨어 있다가 밤에 슬금슬금 기어 나올 모양이었다.

"곧 나타나겠지. 숨거나 도망갈 놈이 절대 아니야. 어디, 시
험해볼까?"

책상 서랍에서 비닐봉지를 꺼내 삼콤쿠키 두 개를 집어 들
었다. 그러고는 어제 만들어놓은 마법상자의 뚜껑을 연 후 안
에 넣은 다음 다시 뚜껑을 덮었다.

"이걸 어디다 놓을까?"

적당한 장소를 찾다가 책꽂이 위에 놓았다. 그곳이 왕 바퀴를 자주 목격한 장소였다.

책가방을 들고 거실로 나갔다.

"예은아, 빨리 가자! 또 지각하겠어. 어딨니?"

"여기 화장실."

"거기서 뭐해?"

"화장실에서 뭐하겠어? 똥 누지!"

동생의 대답에 세은이는 가슴이 철렁했다. 혹시 어젯밤에 먹은 삼콤쿠키 때문에 배탈이 난 게 아닐까? 화장실 문 앞으로 다가가 불안스레 물었다.

"예은아! 너, 배 아프니? 응?"

아무 대답이 없고 끙끙거리는 소리만 새어나왔다.

"야, 예은아! 예은아! 많이 아파? 쿠키 때문에 배가 잘못된 거야? 응?"

화장실 문을 두드리며 큰 목소리로 물었다. 그래도 대답이 없고 신음 소리만 이어졌다.

큰일이었다. 예은이가 혹시 죽기라도 하면? 가슴이 벌렁거리고 이마에 식은땀이 났다. 119라도 불러야 할 것 같았다.

"대답해봐! 얼마나 아픈 거야? 119 부를까?"

쾅! 쾅! 쾅! 다시 문을 세게 두드리며 거듭거듭 물었다.

"아, 왜 그러는 거야? 나 똥도 못 누게. 배 아픈 거 아냐. 하나도 안 아파!"

"그래? 정말이야?"

"정말이지! 똥 누는 걸 거짓말 해, 언니는?"

휴우–! 콧구멍에서 안도의 한숨이 길게 새어나왔다.

밤 열 시, 세은이는 집에 막 돌아온 엄마를 자기 방으로 잡아끌었다.

"엄마, 나랑 내 방으로 가 봐!"

"왜? 바퀴벌레 잡았어?"

엄마의 물음에 고개를 가로저었다.

"아니, 아직!"

엄마가 방 안을 둘러보며 바퀴벌레를 찾았다. 오른쪽 손바닥을 쫙 펴서 치켜들고 즉시 후려칠 자세로 그러는 모습이 우스웠다.

"엄마, 이거 봐봐! 어젯밤에 내가 만든 거야."

"이게 뭔데?"

엄마의 시선이 마법상자로 옮겨졌다.

"마법상자라고, 몸에도 해롭고 환경도 오염시키는 살충제 안 뿌리고 바퀴를 잡는 거야."

"이 조잡한 걸로 무슨 바퀴벌레를 잡아? 잡았어, 그래?"

자기를 무시하는 엄마의 말에 세은이는 화가 치밀었으나 꾹 눌러 참았다.

"아니, 이제 확인해보려고. 혼자 확인하려니까 가슴이 두근거려 도저히 못하겠어. 그래서 엄마 올 때까지 기다린 거야."

혼자 살짝 확인해볼까도 생각했었으나 용기가 나지 않았었다. 한 마리도 안 잡힌 경우도 걱정이었고 또 너무 많이 잡힌 경우도 걱정이었다. 두 경우 다 감당이 안 될 것 같았다.

"그럼 빨리 확인해보자, 언니!"

"안 돼. 만지지 마! 내가 할래."

예은이가 마법상자를 만지려 하자 세은이는 얼른 예은이의 손을 잡았다.

"그래, 언니가 하게 둬. 자, 어서 확인해봐!"

세은이는 책꽂이 위에 둔 마법상자를 조심스레 들어서 책상 위로 옮겨놓았다.

"안 잡혔으면 어떡하지, 엄마?"

"기대하지 말아야지! 내가 바퀴벌레라도 이런 엉성한 거 어디 거들떠보기나 하겠니?"

"언니, 나도 이건 정말 아닌 것 같아. 차라리 그냥 맨손으로 잡는 게 훨씬 더 낫겠어!"

엄마하고 예은이가 또 무시하는 말로 자존심을 건드렸다. 기분이 나빴으나 정말 한 마리도 안 잡혔으면 어쩌나, 걱정이 앞섰다.

"하나, 둘, 셋 하고 세어줘! 뚜껑 열게."

세은이는 바퀴벌레가 제발 한 마리라도 잡혔기를 기원하며 박스 윗면에 손을 얹었다. 손이 가볍게 떨렸다. 곧 엄마와 예은이가 입을 모아 숫자를 셌다.

"하나! 둘! 셋!"

셋! 소리에 맞춰 세은이는 박스 뚜껑을 열었다.

"꺄악-!"

세 명은 동시에 비명을 내질렀다. 비명 소리의 파동에 창문이 우르르 흔들렸다. 지진이라도 난 것 같았다.

있었다. 왕 바퀴 녀석이 들어 있었다. 왕 바퀴뿐만이 아니었다. 또 다른 왕 바퀴 한 마리와 작은 바퀴 십여 마리가 박스 가운데 원형방에 바글바글했다. 저번 날 창문에 어른거렸던 사람 얼굴 형상은 바퀴벌레 가족이 한꺼번에 달라붙어서 그렇게 보인 것 같았다. 녀석들은 베란다 구석에 숨어살다가 창문 틈을 통해 방 안으로 들어온 걸로 추정되었다.

"이, 이렇게나 많이 잡혔어?"

셋이 서로 얼싸안고 껑충껑충 뛰었다. 널뛰기라도 하는 것처럼 한참이나 쿵쿵거렸다.

"그만! 이제 그만 뛰자. 아래층 빼빼 아저씨 또 올라와서 항의할라."

"언니, 근데 바퀴들이 죽지는 않았어."

"이거는 죽이는 게 아니라 생포하는 장치야."

가운데 원형방에 몰려 있는 바퀴벌레들은 쿠키 냄새에 마취가 된 것처럼 보였다. 제자리에서 움직거리기만 할 뿐 이동을 하지는 못했다.

"언니, 이 복잡한 걸 어떻게 접은 거야?"

"그러게. 엄마도 궁금하다."

"옛날에 우리 식구 모두 제주도에 놀러간 적 있었잖아? 나, 초등학교 1학년 때."

세은이는 그 당시의 기억을 꺼내서 펼쳤다. 가족 모두가 즐겁고 행복했던 추억이었다. 특히 바다만큼 너른 노란 유채꽃밭을 아빠와 손을 잡고 걸었던 기억은 바로 어제 일처럼 생생했다. 그때부터 세은이는 노란색을 좋아하게 되었다. 노란색만 보면 아빠하고의 그날 추억이 영화장면처럼 떠오르곤 했었다.

"거기 무슨 놀이공원 랜드에서 돌담을 높이 쌓아 만든 복잡한 미로에 들어갔었잖아? 그런데 우리 가족이 그 속에 갇혀서 한참 동안 못 나왔었잖아? 그 미로를 응용해서 만든 거야."

"아, 생각난다. 생각나! 나가는 길을 못 찾아서 아빠가 너를 높이 목말 태워서 겨우 길을 찾아 나왔었지! 네가 이리 가라 저리 가라 알려줘서."

"엄마, 그때 나도 갔었어?"

예은이는 생각이 안 나는지 고개를 갸웃거렸다.

"그럼! 예은이 너도 당연히 갔지. 너, 다섯 살 때. 앨범 찾아보면 사진 있을 텐데."

"그러면 엄마, 우리 가족여행 또 한 번 가자. 가고 싶어!"

"나도 가고 싶지만 지금은 못 가. 우리 집 경제 형편이 아주 좋지 않아! 나중에 아빠가 돈 많이 벌어 오면 그때는 몰라도. 근데 이 고소한 냄새는 뭐야?"

엄마가 개처럼 코를 킁킁거렸다.

"내가 특별히 만든 바퀴벌레 유인 미끼, 삼콤쿠키야. 구운 오징어로 만들었어."

세은이는 책상 서랍을 열어 삼콤쿠키가 든 비닐봉투를 꺼냈다.

"엄마, 이 쿠키 짱 맛있어! 난 세 개나 먹었어. 막대사탕보다 훨씬 더 맛있어!"

예은이가 쿠키 한 개를 집어 입에 날름 넣었다.

"이게 그렇게 맛있어? 어디 나도 하나 먹어볼까?"

엄마도 한 개를 먹더니 감탄을 금치 못했다.

"와! 맛있다! 달콤, 새콤, 매콤하고도 끝맛이 고소하네. 이렇게 맛있는 쿠키는 생전 처음 먹어본다."

"그치, 엄마? 정말 맛있지?"

"그래! 그래! 도대체 뭘 넣고 만든 거야? 입에서 그냥 살살 녹네, 녹아!"

맛있게 쩝쩝거리는 소리로 보아 엄마가 거짓으로 하는 말은 아닌 것 같았다. 그 말을 듣고 세은이는 그저 빙그레 웃었다.

"오우! 이런 것도 다 만들고? 세은이 네 덕에 바퀴벌레를 일망타진했구나."

중학생이 되고부터 처음으로 듣는 엄마의 칭찬이었다.

"오늘부터 두 발 쭉 뻗고 마음 편히 잘 수 있겠다. 십 년 앓던 이가 빠진 것처럼 아주 속이 시원하다, 시원해! 그동안 엄마가 얼마나 찝찝했는지 몰라. 밥을 제대로 먹을 수 있나, 국을 제대로 먹을 수 있나. 잠을 제대로 잘 수가 있나."

엄마가 밝게 웃으면서 머리를 쓰다듬어 주었다. 세은이는 빙그레 웃었다.

"그런데, 이 바퀴벌레들 어떡하니? 깨어나기 전에 죽여야 하잖아?"

"당연히 죽여야지!"

하지만 죽이는 방법이 문제였다. 세은이는 그 방법을 두고 엄마와 의견을 나누었다. 한 마리씩 꺼내 바늘로 찔러 죽이자, 한꺼번에 물에 빠트려 죽이자, 그냥 뚜껑을 덮어두어 굶어 죽게 하자, 박스째로 불에 태워 죽이자 등등. 그러나 좀체 의견이 일치되지 않았다. 침을 튀겨가며 한참이나 옥신각신했다.

"변기통에 다 집어넣고 물을 내리는 게 좋을 것 같다."

"아니야, 엄마! 내가 책에서 봤는데, 바퀴벌레는 물속에서도 살아난대. 차라리 냉동실에 넣어서 얼려 죽이는 게 낫겠어!"

"안 돼! 이 더러운 바퀴를 어떻게 냉동실에 넣니? 상식적으로 생각해봐!"

서로 양보를 하지 않아 의견 대립이 오랫동안 이어졌다.

그때 옆에서 가만히 듣고 있던 예은이가 느닷없이 엉뚱한 소리를 했다.

"이 바퀴벌레들 꼭 죽여야 해?"

"너, 무슨 소리야? 이놈들 잡아 죽이려고 우리가 그렇게 생고생을 했는데?"

"엄마는 이 바퀴 놈들 때문에 신경을 너무 써서 머리가 얼마나 아팠는지 몰라!"

예은이가 자세를 고쳐 앉더니 제법 진지하게 설명했다.

"엄마, 언니, 잘 봐! 이 큰 거 두 마리는 엄마 아빠 바퀴고, 작은 것들은 아이들 바퀴야. 한 가족이 분명해."

"당연히 한 가족이지. 하하! 참!"

예은이의 너무도 어이없는 말에 세은이는 헛웃음이 다 나왔다.

"아빠 바퀴가 아이 바퀴들 먹이를 구하려고 언니 방에 자주 나타났던 것 같은데, 죽이는 건 너무 불쌍해!"

예은이가 울먹이는 목소리로 말하자 세은이도 코끝이 찡했다. 바퀴가족을 정말 죽여야만 하는 건지, 살려줘야 하는 건지 헷갈렸다. 엄마도 심각한 표정으로 고개를 갸웃거렸다.

"안 돼! 죽이지 마! 엄마, 언니. 으이이잉!"

급기야 예은이는 눈물을 철철 흘렸다. 그러면서 마법상자를 끌어안고 놓아주질 않았다.

"그럼 내가 내일 소망약국 약사 언니한테 물어보고 결정할게."

"그래. 그게 좋겠다!"

"나도 내일 같이 가, 언니!"

셋이서 겨우 합의를 했다. 새벽 한 시였다.

배꼽 빠지던 날

점심 급식을 먹고 나서 세은이는 사라와 학교 뒷마당 은행나무 밑 벤치로 가 앉았다.

"사라야, 너는 너네 집이 좋아? 맘에 들어?"

"응! 맘에 들어!"

"네 방은 어때? 커?"

"내 방도 좋아, 크지는 않지만."

"엄마 아빠가 싫은 적 없어? 싫어서 집을 나가고 싶은 적 없어?"

함께 가출을 하면 덩치 크고 힘이 센 사라가 나쁜 사람들을 막아줄 것 같아 슬쩍 물어봤다.

"그런 적, 에-. 없어!"

사라가 잠시 눈동자를 굴리며 생각하더니 고개를 크게 저었다.

"아빠가 성경구절 외우라고 그래서 짜증 난다고 그랬었잖아?"

"짜증이 좀 날 때도 있지만, 싫지는 않아! 나는 세상에서 우리 엄마 아빠가 젤 좋아!"

사라는 분명하고 확실하게 대답했다.

"그래?"

"응! 우리 아빠도 내가 세상에서 제일 예쁜 공주랬어!"

공주라는 말에 세은이는 속으로 후후 웃었다. 그러면서 넌지시 물었다.

"너네 아빠가 너를 무슨 공주랬어?"

"인어공주!"

"……"

정신적 충격에 세은이는 혀가 마비되었다. 인어공주라니? 만화영화 '슈렉'에 나오는 피오나 공주랑 똑같은데? 어이가 없었다. '피오나 공주 아니니?'라는 말이 혀끝에서 맴돌았다.

"세은아, 너도 인어공주 만화영화 봤지? 거기 나오는 인어공주 같댔어. 무릎관절하고 체중관리에 좋다고 해서 나, 수영장에도 다녔었거든. 파란색 바탕에 귀여운 돌고래 한쌍이 그려진 비키니 수영복 입고."

"비, 비키니? 아아!"

두 번째 충격을 받아 세은이는 아주 머리가 마비되어버렸다.

"근데 세은이 너는 너네 집이 싫어? 너네 아빠 엄마가 싫어?"

"아니, 아니! 그, 그런 건 아니야."

사라의 돌발적인 역질문에 놀라 세은이는 얼른 손사래를 쳤다. 하지만 집이 싫고 엄마 아빠도 싫은 건 여태 변하지 않았다.

"아차! 사라야, 너 그 오른손 등에 난 흉터 어쩌다 생긴 거야? 초등학교 2학년 때 사나운 개한테 물려서 생긴 거라던데."

"아니야. 이거 초등 4학년 때 옆집 동생 자전거 타는 법 가르쳐주다가 생긴 거야."

"옆집 동생 자전거 타는 법? 너 자전거 탈 줄 알아?"

그 덩치에 자전거를 탄다니 도무지 믿어지지가 않았다.

"나 자전거 잘 타! 초등학교 3학년 때부터 탔어!"

"와! 나는 탈 줄 모르는데. 근데 왜 학교에 안 타고 다녀? 자전거로 등하교하는 애들 꽤 되던데."

"아빠가 살 빼는 데는 걷는 게 최고라고 걸어 다니라고 그랬어. 또 찻길도 위험하다고 못 타게 했어!"

말을 들어보니 정말 탈 줄 아는 것 같았다. 부러웠다. 그리고 샘도 조금 났다.

"하여튼, 옆집 동생 가르치다 어떻게 다쳤어?"

"내가 뒤에서 자전거를 잡아주고, 그 애가 타고 가는 연습을 했었어. 그 애가 중심을 잡고 혼자 잘 가면 나는 손을 몰래 떼고서 뒤따라가고. 그러다 그 애가 자전거랑 넘어지는 걸 내가 뛰어가 잡았는데, 내 오른손이 체인 사이에 끼어서 거기 톱니에 꽉 물린 거야."

"많이 아팠겠다!"

"응! 퉁퉁 붓고 피도 나고 그랬어."

왠지 예뻐 보이는 사라의 손에 시선을 둔 채 잠시 망설이던 세은이는 주머니에서 개구리를 꺼내 사라에게 건네주었다.

"사라야, 이거 받아. 내가 접은 개구리야. 너 개구리 좋아한 다고 그랬잖아?〈개구리 왕눈이〉만화영화도 많이 보고."

"오우! 귀엽다. 고마워, 세은아! 정말 정말 고마워. 나 학교 친구한테 선물 받기는 처음이야. 모두들 나를 멀리했거든." 사라는 개구리를 요리조리 살펴보며 매우 기뻐했다. 정말 개구 리를 좋아하는 모양이었다.

"사라 너 개구리 진짜 좋아하는구나? 나는 개구리 징그러워 서 싫은데!"

"나는 개구리 하나도 안 징그러워! 귀여워! 생김새도 귀엽고 눈도 귀엽고 입도 귀엽고 다리도 귀엽고……."

사라는 개구리한테 아주 입까지 쪽쪽 맞췄다.

"어머! 개구리가 그렇게도 좋니?"

"예전에 아빠가 생명이 탄생하는 과정을 직접 살펴보라고 개구리 알을 채취해 왔었어! 그래서 집에서 키웠었어. 알에서 올챙이가 나오고, 그 올챙이들이 커가고, 나중에 모두 개구리 가 되는 과정이 너무 신기했어!"

세은이는 자기는 해보지 못한 경험을 사라가 했다는 게 놀랍고 부러웠다.

"근데 휠체어에 앉은 너네 아빠가 어떻게 직접 개구리 알을 채취해 와?"

주책없이 그 질문이 불쑥 튀어나왔다. 자기 자신이 생각해봐도 꼬투리를 잡으려는 말투였다. 뭐라고 수습하려 했으나 이미 엎질러진 물이었다.

"말도 마! 그날 우리 아빠 나 주려고 개구리 알 채취하다가 논으로 휠체어째 풍덩 빠지셨대. 푸하하하!"

"어머머! 어쩌니? 너네 아빠 불쌍하다, 너무 불쌍해!"

휠체어째 논에 빠진 사라 아빠 모습이 상상돼 세은이는 가슴이 뭉클했다.

"세은아, 너 이 세상에서 제일 불쌍한 사람이 누군지 알아?"

사라가 갑자기 굳은 표정으로 물었다. 아주 근엄했다.

"세상에서 제일 불쌍한 사람? 글쎄? 부모 없는 고아? 아니면 자, 장애인?"

"빛을 잃은 시각장애인, 목소리를 잃은 농아장애인, 팔다리를 잃은 지체장애인, 모두 불쌍하지! 하지만 제일 불쌍한 사람은……."

"누구야, 제일 불쌍한 사람이?"

대체 사라가 누구를 말하려는 것인지 궁금증이 일었다.

"제일 불쌍한 사람은, 사랑을 잃어서 가슴이 늘 차가운 사람이래!"

"오! 누가 그런 멋진 말을 해줬어?"

"우리 아빠!"

감동을 받은 세은이 가슴에 전기가 찌르르 흘렀다.

학교 수업을 마친 후, 화장실 청소까지 끝낸 세은이는 서둘러 소망약국으로 향했다. 사라와 함께였다. 그저께 세은이는 사라한테 사과를 했다. 학원에 다닌다고 거짓말을 해서 미안하다고 솔직히 말했다. 그러고 났더니 사라와 한층 더 가까워진 사이가 되었다. 사라가 몇 가지 간단한 수화도 가르쳐줘서 즐겁게 익히기도 했다.

"사라야, 화장실 청소 도와줘서 고마워! 나도 너, 교회 청소하는 거 도와줄게."

"고맙기는? 친구니까 당연히 도와줘야지."

"독후감 숙제 안 했다고 한 달간 화장실 청소시키는 건 좀 너무해! 2주일 정도면 몰라도. 사라야, 너는 독후감 숙제 무슨 책으로 썼어?"

그것이 궁금해서 넌지시 물었다. 아무래도 인터넷 숙제도우미 사이트에서 베꼈을 거라 추측하면서.

"나는 성경 관련 책으로 썼어. 교회에서 나오는 책인데 아빠가 도와줘서 쉽게 썼어."

"아빠가 도와줘서? 와! 너는 좋겠다. 그런 아빠가 있어서."

"세은이 넌 아빠 없어? 아빠 있잖아?"

사라가 두 눈을 크게 뜨고 놀란 표정을 지었다.

"있긴 있는데, 사우디로 돈 벌러 가셨어. 이 년 있다가 오실 거야."

"아 맞다! 저번에 예은이가 말해줬는데 내가 깜빡했어!"

"응! 그래! 예은이가 말해준 거 다 사실이야. 그 동산아파트 친척 아파트가 아니라, 아빠 사업이 망해서 월세를 얻어 이사 온 거야."

자신의 입으로 솔직하게 털어놓으니 마음이 한결 편했다. 괜히 숨기느라고 끙끙 속앓이를 했던 게 후회스러웠다.

"발목 아픈 건 좀 어떠니, 사라야?"

"많이 나아졌어! 나, 살이 2킬로그램 또 빠졌거든."

사라가 자랑하며 웃자 세은이도 같이 웃어주었다. 그러면서 수화로 '너 예뻐졌어!'라고 표현했다. 그러자 사라도 '고마워! 너도 참 예뻐!'라고 수화로 화답했다. 둘은 마주보며 밝게 웃었다.

"나 그동안 친구 한 명 없어서 외로웠었는데, 세은이 네가 내 친구가 되어줘서 너무 좋아! 저쪽 신청동에 있는 초등학교 에 다닐 때도 아이들이 다 나를 피했었어."

반 아이들이 너를 피하는 건 네 성질 때문이야. 네가 화를 잘 내고 제 멋대로 행동하니까. 그렇게 사실대로 말해주려다가 그 만두었다. 요즘은 사라 성격이 많이 온순해진 것 같아서였다.

"너네 신청동에 살았었어?"

"응! 신청동에 살다가 이쪽으로 이사 온 거야. 이쪽이 집값

이 싸고 교회도 넓은 걸 얻을 수 있다고."

"언제 이사 왔는데?"

월관중학교 애들은 대부분 월관초등학교나 광석초등학교 출신인데 사라는 초등학교에서 본 적이 없기에 물었다. 광석초등학교 출신 아이들에게 알아봤더니 그 애들도 모른다는 대답이었다.

"이 년 전쯤? 그전에 아빠가 교회를 먼저 얻어서 꾸미고 계셨고. 그쪽 집이 나가자마자 곧장 다 이사를 온 거야. 우리 이모가 먼저 이곳에 살고 있었고."

"아아. 그러면 지금 살고 있는 그 아파트는 너네 진짜 집이야? 너네 아빠가 사가지고 온 거야?"

"아니야. 전세래! 교회는 월세고."

사라가 대수롭지 않게 대답했다.

"그리고 또 한 가지 진짜 궁금한 거 있는데."

"뭐야? 물어봐. 솔직하게 다 말해줄게."

너네 엄마 아빠 네 친부모 맞아? 너랑 전혀 닮지 않았는데? 그렇게 물어보고 싶어서 입이 근질근질했다. 그러나 세은이는 혀를 깨물고 참았다. 국어시간에 속담풀이에서 배운 '모르는 게 약이요, 아는 게 병이다'는 말을 속으로 주문처럼 외우면서.

"아니. 궁금한 거 다 없어졌어. 얼른 가자!"

초원아파트 상가 소망약국에 가니 예은이가 먼저 와서 기다리고 있었다.

"언니, 왜 이제 와? 나 한참 기다렸는데."

"화장실 청소하느라고. 그나마 사라가 도와줘서 일찍 온 거야. 약사 언니, 안녕하세요?"

"어서 와. 세은아. 사라야. 예은이한테 얘기 다 들었어."

"아, 그래요? 제가 직접 보여드릴게요."

세은이는 책가방에서 마법상자를 조심스럽게 꺼내 판매대 위에 올려놓았다. 그런 다음 살며시 뚜껑을 열었다.

"깍!"

약사 언니와 사라가 동시에 비명을 질렀다. 약사 언니도 바퀴벌레를 아주 싫어하는 모양이었다. 이마의 주름살을 깊게 잡은 채 좀체 풀지를 않았다.

놀란 마음을 가라앉힌 약사 언니가 상자 속에 든 바퀴들을 세심히 살폈다.

"어쩜 이렇게 많이 잡혔니? 너희 집 바퀴를 다 잡은 것 같다."

"근데 왜 이름이 바퀴벌레예요? 바퀴가 달리거나 바퀴를 닮은 모습도 아닌데요."

예은이가 나서서 질문을 했다. 그렇잖아도 세은이도 궁금하게 여기던 것이었다.

"자전거나 자동차 바퀴처럼 그런 동그란 바퀴가 달렸거나 바퀴 모양이라서가 아니라, 그냥 이름을 바퀴라고 붙인 거지. 고유명사로 말야. 벌, 나비, 개미같이. 나비를 왜 나비라고 이름 붙였냐고 물으면 할 말 없잖아?"

고유명사, 쉽게 이해가 되었다. 개를 왜 개라고 부르냐고 하면 대답할 수 없듯이. 세은이는 고개를 끄덕이며 바퀴벌레들을 가리켰다.

"약사 언니, 이거 다 죽여야 하지요?"

"안 돼요! 죽이면 안 돼요. 얘네 다 한 가족인데, 너무 불쌍해요!"

약사 언니가 대답도 하기 전에 예은이가 또 울먹거렸다. 뜻밖에 사라마저도 눈물을 글썽였다. 자기네 교회에도 바퀴벌레가 많이 나와서 약을 뿌린다더니. 정말로 별일이었다. 예은이의 눈을 넌지시 바라보던 약사 언니가 따스한 미소를 지었다.

"죽이기가 정 그러면 저쪽 밭에다 풀어줘! 얘들이 알아서 살길 찾아가게. 그런데 내가 놀란 건, 바퀴벌레도 바퀴벌레지만 세은이가 만든 이 미로형 트랩 때문이야. 기존에 나와 있는 거랑 달라. 볼수록 대단해!"

"그래요?"

"응! 양쪽 입구를 통해서 들어가면 가운데 방에 갇혀 빙글빙글 돌기만 하게 돼 있어. 되돌아나가지도 못 하고. 혹 운이 좋아 입구를 찾는다 해도 안에서는 못 나오게 막혀 있는 구조야. 미끼도 가져왔지? 줘봐!"

샘플로 가지고 온 삼콤쿠키 두 개를 건네주었다.

"이 미끼 냄새를 맡고 몰려 들어갔을 텐데, 뭐로 만든 거니,

세은아?"

세은이는 미끼 재료와 만드는 과정을 자세히 설명해주었다. 약사 언니는 메모까지 해 가며 귀담아들었다.

"아, 좋은 생각이 떠올랐다."

갑자기 약사 언니가 판매대 밑 선반에서 잡지책을 한 권 꺼내 펼쳤다.

"이 책에 바퀴벌레 퇴치 아이디어 공모전 기사가 실렸어. 우리 여기 한번 응모해볼까? 세은이가 만든 이 미로형 트랩은 살충제를 뿌리지 않는 거니까 환경오염을 전혀 일으키지 않고, 또 인체에 무해한 미끼를 쓰니까 입상할 가능성이 높아."

"와! 그럼 응모해봐요, 약사 언니!"

세은이는 마법상자를 접는 방법과 미끼 만드는 방법을 다시 한 번 자세히 알려주었다.

"좋아! 이제 내가 설명서를 깔끔하게 쓰고, 이 박스와 미끼를 잘 포장해서 제약회사로 보내볼게."

약사 언니가 박스에 든 바퀴벌레들을 조그마한 투명 비닐봉투에 옮겨 담아주었다. 그것을 받아들고 세은이, 예은이, 사라는 길 건너 들깨밭으로 갔다.

"자, 예은아. 네가 풀어줘!"

예은이가 쪼그리고 앉아 비닐봉투를 벌린 후 바퀴벌레들을 땅바닥에 조심스레 쏟았다.

"언니, 아직도 못 깨어나고 꼼지락거리기만 해."

"삼콤쿠키가 너무 맛있어서 아주 많이 뜯어먹었나봐."

"하지만 곧 깨어날 거야. 예은아, 그만 일어나!"

사라가 그만 일어나라고 어깨를 툭툭 쳤는데도 예은이는 그대로 있었다. 그러다가 큼지막한 깻잎 한 장을 뜯어 바퀴벌레들을 덮어주었다.

"아침저녁으로는 추울 거야. 바퀴 가족들아! 감기 걸리지 말고, 개구리한테 잡아먹히지 말고, 서로 헤어지지 말고, 오래오래 잘 살아! 알았지?"

바퀴벌레들을 걱정하는 예은이를 보고 세은이는 속으로 감탄했다. 내 동생 예은이의 마음이 저렇게 고왔었나? 가슴이 찡하게 울렸다.

세은이는 동생이랑 마법상자를 하나 더 만들어서 삼콤쿠키를 넣었다. 그런 다음 책꽂이 위에 또 올려놓고 사흘간 매일 확인을 했다.

"우리 집 바퀴벌레는 저번에 정말 다 잡혔나봐. 이제 한 마리도 안 나와."

"언니, 그러면 그 삼콤쿠키 남은 거 우리가 다 먹자!"

"삼콤쿠키? 그래!"

미끼로 쓰였던 삼콤쿠키를 둘이 사이좋게 나눠먹었다. 그랬더니 배가 볼록해져 저녁밥 생각마저 없어졌다.

"삼콤쿠키 또 만들어주면 안 돼, 언니? 막대사탕보다 훨씬 더 맛있어!"

"그래! 나중에 만들어줄게."

"아주 나랑 함께 만들어, 언니! 나도 배우게."

"알았어. 예은아, 이제 청소 좀 하자! 집이 너무 지저분해. 아빠가 돌아오실 때까지 어차피 이 년은 살아야 할 우리 집인데, 깨끗하게 해야지."

"좋아, 언니!"

둘이서 청소를 시작했다. 안방, 주방, 작은방은 물론 베란다까지 대대적인 청소를 해버렸다. 이왕에 하는 거, 룰루랄라 노래를 불러가며 신나게 했다.

다음날 밤, 예은이가 안방에서 자꾸 불렀다.

"언니, 빨리 와! 짱 재밌어!"

"뭔데?"

"노래자랑인데, 짱 웃겨! 빨리 와봐!"

서랍정리를 하던 세은이는 안방으로 갔다.

"너 혼자 보기 심심하니까 그러는 거지?"

"아니야. 저거 좀 봐봐! 넘넘 웃겨!"

예은이 옆에 앉아 잠깐 보았다. 전국노래자랑에서 인기상을 받은 사람들만 모여 펼치는 노래경연이었다. 진짜 재밌고 웃겼다. 세은이는 예은이와 배꼽을 잡고 웃었다.

"다음 출연자는 아주 깜찍한 5인조 걸그룹 '클로버팝'입니다. 박수! 박수!"

사회자의 소개가 끝나지 여학생 다섯 명이 무대 위로 쪼르르 뛰어나왔다. 다섯 명이 똑같은 모습이었다. 흰색 운동화, 흰색 타이즈, 짧은 흰색 치마, 빨간색 추리닝 상의, 손에는 흰색 면 장갑을 끼고 머리에는 흰색 오토바이 헬멧을 쓴 모습. 바로 유명 걸그룹 '크레용팝'을 모방한 차림이었다. 그 차림만으로도 방청객들은 완전 열광의 도가니였다. 괴성을 내지르고 휘파람을 불고 생난리였다.

"어머! 예은아, 여학생들이 아니라 아줌마들이야. 아줌마들이 여학생으로 꾸며서 나온 거야. 크하하!"

"그러네, 정말! 에헤헤!"

노래를 시작도 하기 전에 세은이와 예은이는 웃음보가 터져버렸다.

전주가 먼저 흐르고 드디어 아줌마 걸그룹이 노래를 시작했다.

"다 같이 원 빠빠빠빠 빠빠빠빠 날 따라 투 빠빠빠빠 빠빠빠빠 소리 쳐 호호 뛰어봐 쿵쿵 날 따라 해해 엄마도 파파도 같이 Go 빠빠빠빠 빠빠빠빠 신나게 Go 빠빠빠빠 빠빠빠빠 걱정은 No 빠빠빠빠 빠빠빠빠 고민도 No 빠빠빠빠 빠빠빠빠……."

방청객들의 환호와 박수가 귀청을 때리고 웃음소리가 하늘을 찔렀다. 얼마나 신나고 웃기는지 세은이와 예은이는 자신들도 모르게 박수를 치며 노래를 따라 불렀다.

몇몇 참가자들의 순서가 지나가고 다음 참가자가 무대로 우르르 몰려나왔다. 모두 여섯 명이나 되는 단체 참가자들이었다.

"뭐야, 저 사람들은?"

"분장을 한 거야. 진짜 할아버지 할머니가 아니고."

각기 세 명씩 나눠 할아버지 할머니로 분장을 한 여섯 명은 옆으로 나란히 선 후 대표가 팀 소개를 했다.

"안녕하세요. 저희는 충남 금산 인삼여고 노래동아리 '심봤다'입니다. 예쁘게 봐주세요."

반주가 시작되자 그들은 모두 허리를 90도로 구부려 노인의 외형을 취하고 지팡이를 펼쳐들었다. 그러자 머리에 쓴 백발 가발과 얼굴 가득 그려놓은 주름살과 어우러져 누가 봐도 영락없는 팔십 세 노인들이었다. 그 모습에 방청석에서 슬슬 웃음이 터져 나오기 시작했다.

"내가 필요할 때 나를 불러줘 (불러줘) 언제든지 달려갈게 (달려갈게)."

단 한 소절을 불렀는데 모두의 웃음보가 한꺼번에 폭발해버렸다. 목소리가 기력이 빠진 노인의 목소리와 똑같았고 곡조마저 느린 타령조라 웃지 않고는 배길 수가 없었다.

"낮에도 좋아 밤에도 좋아 언제든지 달려갈게 (달려갈게) 당신이 나를 불러준다면 무조건 달려갈 거야 (갈 거야)."

"언니, 이 사람들이 일등할 것 같다. 그치?"

"맞아! 맞아! 아까 클로버팝 아줌마들보다 더 웃긴다."

"태평양을 건너 대서양을 건너 인도양을 건너서라도 (건너) 당신이 부르면 달려갈 거야 (갈 거야) 무조건 달려갈 거야 (무조건)."

방청객과 시청자 모두를 기절시킨 건 1절이 끝나고 2절을 부르기 전 간주에서였다. 간주 음악에 맞춰 세 쌍의 노부부가 몸을 움직여 춤을 추기 시작했다. 팔다리를 흔들고, 허리를 틀고, 엉덩이를 돌리며 열심히 춤을 추었다. 하지만 모두 고령의 노인들이라 몸놀림이 음악과 전혀 맞지 않고 엇박자로 놀아났다. 나중엔 쌍쌍끼리도 동작을 맞추지 못해 완전 따로 국밥이 되고 말았다. 그 모양이 우스워 관중들은 배꼽을 잡았고, 막판에 선보인 부부 엉덩이 키스에서는 모두가 기절을 하고 말았다. 각 부부가 삼 미터 거리를 두고 등을 돌려 선 후, 허리를 굽힌 채 엉덩이춤을 흔들흔들 추면서 뒷걸음질 쳐서 자기 짝과 엉덩이 키스를 하는 장면이었다. 그러나 자기 짝을 찾지 못해 엉뚱한 곳으로 가는가 하면 남의 짝 엉덩이에 들이미는 실수가 연발되었다.

"아, 배 아파! 언니, 나 죽겠어!"

"나도 마찬가지야. 너무 웃어서 숨을 못 쉬겠어!"

"야, 너네 뭐가 그리 좋아서 미친 듯이 낄낄거려?"

언제 돌아왔는지 엄마가 안방으로 쑥 들어섰다.

"엄마, 저것 좀 봐봐! 너무너무 웃겨!"

"언니랑 나 웃다가 죽는 줄 알았어."

"저게 뭔데?"

엄마도 보자마자 웃음보가 터졌다. 세 명은 프로가 다 끝나도록 배꼽을 잡은 손을 놓지 못했다. 예상대로 금산 인삼여고 노래동아리 '심봤다'가 일등을 차지했고 아줌마 걸그룹 '클로버팝'이 이등상을 받았다.

"자, 이거 먹자! 엄마가 오늘 월급 타서 사왔어!"

"튀김이네?"

"그래. 어서 먹자!"

셋이서 둘러 앉아 튀김을 먹었다. 맛은 있었으나 오징어 튀김이 없어서 세은이는 조금 섭섭했다. 전에 살던 동네 골목 시장에서 성진이랑 튀김을 먹던 장면이 떠올라 약간 우울해지기도 했다.

"아까 그 프로 재밌게 잘 봤는데, 내가 평가하기엔 그다지 웃기지는 않았어! 노인 분장과 노인 흉내는 잘했는데, 노래 자체는 별로였어!"

"그럼 엄만 더 웃기는 것도 본 적 있어?"

"그럼!"

"뭐?"

세은이와 예은이가 동시에 물었다.

엄마가 한참 뜸을 들이더니 대답을 했다.

"내가 직접 불렀었지!"

"엄마가? 언제?"

"엄마 여고 학생이었을 때. 그때 생각하면 아직도 배꼽이 빠져! 아흐흐!"

세은이와 예은이는 튀김을 다 먹어치우고 엄마를 졸라 노래를 배웠다. 엄마가 고등학교 1학년 때 봄 소풍을 가서 단짝 친구랑 불렀다는 노래였다. 사 년 전에 캐나다로 이민 간 그 아줌마를 세은이는 두 번 본 적이 있었다.

"꼬꾜오!"

"아니, 그렇게 하지 말고. 끝을 길게 늘여. 꼬끼오-! 이렇게."

"꼬끼오오-!"

예은이가 엄마를 따라하자 세은이는 입이 찢어져라 웃었다. 자기 자신도 우스웠던지 예은이도 허리를 꺾고 큭큭댔다.

"그래, 그만하면 됐어. 다음 것 해봐!"

"꽤액! 꽤액!"

"에이! 그건 거위가 아니라 꼭 돼지 같잖아? 목소리를 굵게 해서 꽥! 꽥! 이렇게 해봐!"

"꽤엑! 꽤엑!"

엄마가 예은이를 바라보며 고개를 약하게 끄덕거렸다. 하지만 흡족해하는 표정은 아니었다.

"자, 그럼 내가 가르쳐준 대로 너희 둘이 듀엣으로 해봐. 세은이는 가사, 예은이는 효과음. 시작!"

"닭장 속에는 암탉이."

"꼬꼬-! 꼬꼬-!"

"문간 옆에는 거위가."

"구액! 구액!"

두 번째 소절까지는 그런대로 괜찮았다. 그런데 세 번째 소절이 문제였다.

"배나무 밑엔 염소가."

"미히히! 미히히!"

거기서 그만 엄마와 세은이는 허리를 꺾고 말았다. 너무 우스워 둘이 손바닥으로 방바닥을 내리치며 웃었다.

"아, 뭐야? 메헤헤! 해야지. 왜 미히히! 그래? 염소가 감기 들렸어? 크하하하!"

"풀 뜯어먹다 목에 걸렸나봐, 엄마! 으크크크!"

"왜 웃어? 그렇게 우는 염소도 있단 말야!"

예은이는 그런 염소도 있다면서 새벽까지 우겨댔다. 억지 부리기로는 세계 챔피언 감이었다.

충격 그리고 감동

"세은아, 내일 토요일 우리 교회로 아홉 시까지 와!"

"응! 알았어. 근데 서울 가서 대체 뭐하는 거야?"

"나도 자세히는 몰라. 우리 아빠가 그러는데 여러 교회들의 연합모임이래."

"교회들 연합모임?"

교회들이 함께 모여서 합동 행사를 하는 게 있는 모양이었다.

"응! 그동안 우리 아빠하고 몇몇 사람만 참가했었는데 이번에는 우리 교회 전체가 참가하기로 결정했대."

"하루 종일 걸리는 일이야?"

"그건 아닐 걸. 아마 서너 시간 정도."

서울에 간다니까 싫지는 않았다. 하루 종일 비좁은 아파트에 갇혀 있는 건 너무 답답했다. 집밖으로 나가 어디든 가서 바람을 좀 쐬고 싶었다.

"네 동생 예은이도 데리고 와!"

"글쎄? 만화영화 본다고 안 오려고 할 걸."

"교회에서 도시락도 준비해 간댔어!"

"도시락? 뭐야 그럼? 소풍가는 거야?"

"가보면 알겠지 뭐!"

은근히 기대가 되었다.

사라와 헤어져 집으로 가던 세은이는 깜짝 놀랐다.

"아니. 저, 저……."

너무 놀라 말이 잘 안 나왔다. 천천히 걸으며 상황을 살피다가 전속력으로 뛰었다.

"쟤가 왜 또?"

바람돌이보다 빨리 달려 24시 편의점 앞에 도달했다.

"너 왜 또 그래?"

예은이의 목덜미를 잡아서 뒤로 힘껏 당겼다. 뒤로 두어 걸음 밀려온 예은이가 기겁을 하며 눈을 휘둥그렇게 떴다. 막대사탕을 입에 넣고 빨고 있던 터라 입술이 시뻘겋다.

"언니, 왜 그래?"

"너 또 왜 남의 일에 참견하고 있니? 애랑 또 싸우면 어쩌려고?"

뽑기 기계를 작동하고 있던 5학년 곱슬머리 남자애가 동작을 멈추고 뒤돌아봤다. 남자애도 막대사탕을 입에 물어서 입 전체가 온통 핏빛이었다. 흉측했다.

"우리 안 싸워! 얼마나 친한데 싸워?"

"뭐? 친해?"

"응! 이 막대사탕도 이 오빠가 사준 거야. 꼽쓸 오빠, 그치?"

"응."

곱슬머리 남자애가 고개를 크게 끄덕였다. 그러더니 다시 뽑기 기계를 작동해서 판다곰을 잡아 올리려고 애를 썼다.

"허참!"

이번에는 너무 어이가 없어서 말문이 막혔다.

"아무튼 같이 집에 가자!"

"싫어! 언니 먼저 가. 이 오빠가 오늘 저 판다곰 꼭 뽑아준댔어."

피가 터지도록 싸운 게 얼마 지나지도 않았는데 친남매처럼 친해져 있다니. 도무지 이해가 불가능한 일이라 세은이는 그저 두 아이를 물끄러미 바라보았다.

"오빠, 아니야. 그쪽으로 하면 안 돼! 이쪽으로 당겨야 해!"

예은이가 막대사탕을 쪽쪽 빨면서 이렇게 해라 저렇게 해라 간섭을 해댔다. 목소리가 길거리에 쩌렁쩌렁 울렸다.

"아이 참! 내 말대로 해보라니까!"

"그럼 네가 해봐!"

"좋아! 내가 해볼게."

둘이 찰떡처럼 붙어서 인형 뽑기를 하는 모습을 지켜보던 세은이는 혼자 집으로 갔다.

아파트 출입구로 들어서서 잠깐 걸음을 멈췄다. 그리고 우편함을 살폈다. 습관이 된 동작이었다.

"오늘은 혹시?"

하지만 우편함을 아무리 뒤져봐도 아빠한테 온 편지는 없었다.

"이젠 더 이상 기다리지 않을 거야. 아빠 포기했어."

편지뿐만 아니라 아빠는 엄마와 전화 통화도 하지 않는 것 같았다. 여태 엄마와 아빠가 전화 통화를 하는 걸 보지 못했었다. 엄마는 아예 아빠 얘기는 꺼내지도 않았다.

한 칸 한 칸 계단을 오른 세은이는 현관문을 따고 집으로 들어갔다. 교복도 갈아입지 않은 채 자기 방 의자에 앉아 책상에 엎드렸다. 가슴속 한쪽에 괴물처럼 자리를 잡고 점점 커져가는 불안감, 그건 분명 아빠 때문이었다. 이렇다 저렇다 확실하게 설명을 안 해주는 엄마도 물론 실망스럽지만 아빠에 대한 실망감이 더 컸다.

"에이! 이젠 진짜 생각도 하지 말자."

자리를 박차고 일어나 옷을 갈아입은 세은이는 욕실로 갔다. 시원한 물로 샤워를 해서 머리를 식히려는 생각이었다.

저녁밥 먹을 시간이 한참이나 지나서 예은이가 돌아왔다. 표정이 시무룩했다.

"표정이 왜 그래? 결국 그 애랑 싸웠구나?"

"싸우긴 뭘 싸워? 언닌 내가 꼼쓸 오빠랑 매일 싸우길 원해?"

예은이가 신경질적으로 고함을 쳤다. 목소리가 너무 커 간이 다 덜렁거렸다.

"그, 그런 건 아니지만……. 그럼 표정이 왜 그런데?"

안방으로 예은이를 따라 들어가며 물었다.

"판다곰 꺼내는 거 실패했단 말야. 내가 두 번 더 하고 꼽슬 오빠가 한 번 더 했는데, 모두 실패했어. 그런데 다른 아이가 와서 한 번에 홀랑 뽑아갔단 말야. 씨!"

얼굴이 붉으락푸르락 변하는 걸 보니 단단히 화가 난 모양이었 다.

"판다곰이 그렇게 갖고 싶니?"

"갖고 싶어! 거기서 제일 비싸고 귀여운 것이니까. 엄마한테 돈 달래서 또 할 거야."

"엄마 돈 없을 거야. 달랬다가 오히려 욕만 먹지!"

엄마는 요즘 어쩌다 생각이 나면 이천 원씩 주곤 했다. 그것도 아껴 쓰라고 몇 번이나 잔소리를 퍼부은 다음에 건네주었다.

"언닌 돈 없어?"

"내가 무슨 돈이 있니? 저번에 버스비 이백 원이 모자라서 집에까지 걸어왔는데. 비 쫄쫄 다 맞고."

가출을 해서 영등포까지 갔다가 되돌아왔던 일을 생각하면 아직도 다리가 욱신거리고 온몸이 덜덜 떨렸다.

"우리 집이 왜 갑자기 이렇게 거지가 된 거야? 씨!"

"거지는 뭔 거지? 아빠가 돈 많이 벌어오면 다시 그린피아 아파트로 이사 갈 건데."

세은이는 맞장구를 치고 싶었으나 언니로서 그럴 수는 없고, 가능성이 제로인 일이었으나 위로 차원에서 그렇게 말했다.

"그럼 어디서 돈을 구하지!"

"뽑기 기계에 넣은 돈으로 벌써 판다곰 사고도 남았겠다."

"나는 천 원밖에 안 넣고, 꼽쓸 오빠가 삼천 원 넣었어. 그런데도 못 뽑았어!"

예은이가 홑이불을 뒤집어쓰고 훌쩍거렸다. 세은이는 판다곰 못 뽑았다고 우는 애는 우리나라에 예은이 한 명밖에 없을 거라 생각하며 히죽이 웃었다.

"예은아, 저녁 먹어야지? 라면 맛있게 끓여줄게. 계란 풀어서."

"안 먹어! 언니 나가! 빨리 나가!"

다음날 아침 세은이는 예은이를 데리고 사라네 교회로 향했다.

"정말 교회에서 서울로 소풍을 간다는 거야? 도시락 싸가지고?"

"그래. 사라가 그랬다니까. 너도 꼭 데리고 오랬어."

"아까 밥 조금 먹길 잘했네. 도시락 분명히 맛있을 거야. 교회 아줌마들 음식 맛있었잖아? 그치, 언니?"

음식 맛이 다 괜찮았었다. 너무 짜지도 않고 너무 맵지도 않아 먹기 딱 좋았었다.

"응! 먹을 만했어!"

"그런데 서울 어디로 소풍을 가? 서울대공원?"

"서울대공원이라는 말은 없었어. 가보면 알겠지!"

서울대공원은 초등학교 시절 어린이날 두 번이나 가본 적이 있었다. 2학년 때와 4학년 때 가족 모두 함께 갔었다. 갈 때부터 도로가 꽉꽉 막히더니, 대공원에는 사람들이 너무 많아 구경도 제대로 못하고 고생만하다 돌아왔었다.

사라네 교회 입구로 가자 상가 주차장에 사람들이 많이 모여 있었다. 휠체어에 앉은 사람과 시각장애인용 흰색 지팡이를 든 사람 예닐곱 명이 이야기를 나누는 중이었고, 다른 사람들은 물건을 차에 싣느라 바빴다. 주로 생수병들이었다.

"언니, 생수를 왜 저렇게 많이 싣지? 차마다 다 싣네."

"오늘 날씨가 더우면 마셔야 할 테니까."

잠시 후 사라가 지하에서 올라왔다. 자기 엄마와 함께였다.

"사라야!"

"사라 언니!"

"어, 너희 왔구나. 잘 왔어!"

사라가 매우 반가워했다. 사라 엄마도 기쁜 표정으로 밝게 웃었다.

"출발하려면 아직 멀었어?"

"아니. 짐 다 실었으니까 이제 곧 출발할 거야. 저 앞에 있는 우리 교회 차에 타면 돼!"

승합차로 올라가 중간에 자리를 잡았다.

십 분쯤 있다가 출발했다. 교회 승합차 외에 개인 차량도 뒤에 네 대나 따라왔다. 개인 사정상 빠진 사람들도 있어서 전체 인원은 스물다섯 명 정도 되는 것 같았다.

"사라야, 너희 아빠는 안 가셔? 너희 아빠 안 보이는데?"

"아빠는 아까 몇 사람이랑 먼저 가셨어! 먼저 가서 자리 잡아놓으신다고."

"사라 언니, 도시락은 챙겼어?"

"그럼! 챙겼지. 넉넉하게 챙겼어."

예은이가 히죽이 웃으면 흡족한 표정을 지어 보였다.

토요일이고 날씨도 좋아 나들이 가는 차량들이 꽤 많았다. 그러나 서울 쪽으로 움직이는 차량들은 상대적으로 적어 도로가 심하게 막히지는 않았다. 통로 저쪽 의자에 앉은 사라는 자기 엄마와 수화를 주고받으며 무언가를 열심히 설명했다. 예은이는 그 모습을 희한하다는 듯 쳐다보고 있었다. 세은이도 사라의 손동작을 빙그레 바라보다 시선을 창밖으로 돌렸다. 그리고 차도를 따라 일정한 간격으로 서 있는 은행나무 가로수를 살펴봤다. 어느 것은 벌써 반이나 노랗게 물들어 있었고 어느 것은 이제 막 물들기 시작했다. 아예 물들 기미가 전혀 없이 여전히 짙은 녹색 그대로인 나무들도 많았다.

"언니, 이제 서울이야. 좀 전에 서울이라는 표지판 보였어! 다 왔나봐."

"나도 봤어. 그런데 서울이 아주 넓은데 어디가 목적지인지는 아직 모르지."

세은이의 예상대로 교회 승합차는 한참을 더 달려 어느 큰 건물 공사장 앞에서 멈췄다.

"다 왔습니다. 내리세요."

운전기사의 말에 세은이와 예은이는 고개를 갸웃거렸다.

"여기가 어디야? 이런 데로 무슨 소풍을 와?"

"그러게. 저 먼지 날리는 것 좀 봐. 소음도 심하고."

"세은아, 예은아, 내리자."

사라는 그다지 놀라워하지 않았다. 어느 정도 알고 있는 듯한 눈빛이었다.

"사라야, 여기가 목적지야?"

"그런가 봐. 일단 내려 보자."

내려서 보니까 더욱 황당했다. 소풍과는 전혀 관련이 없는 장소였다. 대형 신축 공사가 진행되는 곳으로 지저분했다. 바로 길 건너편 깔끔하게 잘 가꿔진 고급아파트 단지와 너무 대조가 되었다.

"언니, 대체 뭘 짓는 거지? 아파트는 아닌 것 같은데."

"백화점이나 대형마트 같아. 주차장 터를 넓게 잡은 걸 보니까."

인솔자를 따라 인도로 조금 걸어가니 사라 아빠가 보였다. 사라 아빠가 휠체어에 앉아 손을 흔들었다.

"안녕하세요!"

"오! 세은이, 예은이 어서 오너라. 여러분, 여기가 우리 교회 자리예요. 다들 이쪽에 쭉 줄 맞춰 서시면 됩니다."

사라 아빠의 지시대로 사람들이 인도에 두 줄로 섰다. 그러는 사이 도로 위쪽과 아래쪽에도 다른 교회 사람들이 속속 도착해서 인도에 늘어섰다. 금세 사람들이 늘어나 삼백 명이 넘어 보였다. 그래도 계속 몰려드는 중이었다. 사람들 중에는 휠체어를 탄 사람들을 비롯해 몸이 불편한 사람들이 꽤 많이 섞여 있었다.

"목사님, 뭘 하려고 이렇게 많은 사람들이 모인 거예요?"

세은이는 궁금증을 참지 못하고 사라 아빠에게 직접 물었다.

"조금 있으면 알게 돼. 잠시만 기다려!"

조금 있으려니 빨간색 조끼를 입은 사람들이 바삐 오가며 무언가를 나눠줬다. 모든 사람에게 다 주는 건 아니고 각 교회당 몇 개씩 배분해주는 모양이었다. 사라 아빠가 그것을 받아 몇 사람에게 넘겨주어 들라고 했다. 구호가 적힌 팻말이었다.

"저거 보니까 대충 감이 오는데."

"뭐야, 언니?"

"아마 시위를 하려나봐!"

"시위? 데모하는 거 말야?"

예은이의 동공이 세 배나 확장되었다.

"응! 공사 반대 시위를 하려는 것 같아."

"소풍이라더니 웬 데모야?"

"사라가 소풍이라고 말하진 않았어."

사라는 뒤쪽 벤치에서 자기 엄마와 몇 명 아줌마들과 생수, 도시락을 정리하는 중이었다.

"어떡하지? 우린 그냥 빠질까, 예은아?"

"아니야, 언니! 여기까지 왔는데 기다렸다가 도시락 먹고 가야지."

세은이는 고개를 쭉 빼고 위쪽을 살폈다. 길쭉한 플래카드가 가로수와 가로수 사이에 걸린 곳에 챙이 넓은 빨간 모자를 쓴 사람이 서 있었다. 그가 손에 들고 있던 핸드마이크를 입에 댔다.

"각 교회에서 와주신 형제자매 여러분, 곧 시작하겠으니 잡담을 중지하시고 대열을 정렬하시기 바랍니다. 열 시 반에 시작합니다. 각 교회 인도자께서는 빨리 대열을 맞춰주세요."

사람들이 잡담을 그치고 줄을 가지런히 맞췄다. 세은이는 예은이와 나란히 서서 시위가 시작되길 기다렸다. 시위를 하게 되다니. 묘한 기분이었다.

열 시 삼십 분이 되자 모여든 사람들 수가 최소 사백 명은 되는 것 같았다. 인도에 두 줄로 늘어섰는데 길이가 상당했다.

"형제자매 여러분! 이제 시작하겠습니다. 제가 선창을 하면
여러분은 복창을 두 번 해주시면 됩니다. 이게 다 이웃 사랑을
실천하는 것이니 아주 큰 목소리로 해야 합니다. 오른손 주먹
을 꼭 쥐고 하늘로 두 번 힘차게 뻗으면서요. 모두 아셨죠?"

"네에!"

"사십 분 하고 이십 분 쉬는 식으로 진행하겠습니다."

목청을 가다듬은 빨간 모자 아저씨가 선창을 외쳤다.

"함께 사는 세상이다 공사 반대 그만하라!"

그를 따라 사람들이 일제히 복창을 해댔다.

"함께 사는 세상이다 공사 반대 그만하라!"

"함께 사는 세상이다 공사 반대 그만하라!"

세은이는 쑥스러워 조그만 소리로 따라했다. 예은이도 마찬가
지였다. 하지만 사라는 큰 목소리로 아주 열심히 복창을 했다.

"이웃 사랑 모르느냐 공사 진행 방해 마라!"

"이웃 사랑 모르느냐 공사 진행 방해 마라!"

"이웃 사랑 모르느냐 공사 진행 방해 마라!"

구호 외침이 계속되자 예은이의 목소리가 점점 커져갔다.

"언니, 이거 재밌다. 그치?"

"그래. 재밌다!"

수백 명의 사람들이 한꺼번에 똑같은 소리를 외치고 똑같은 동
작을 하는 게 신기하고도 재미있었다. 세은이의 목소리도 점점
커졌다. 세은, 사라, 예은 세 명은 아주 목이 터져라 외쳐댔다.

잠시 후 세은이는 뭔가 이상한 점을 발견했다. 생각해보니 공사를 반대하는 시위가 아니라 오히려 찬성하는 시위였다. 분명히 구호가 공사 반대 마라, 공사 방해 마라였다. 그리고 또 한 가지 시위대가 바라보고 있는 쪽은 공사장 쪽이 아니라 정반대편인 도로 쪽이었다. 4차선 자동차 도로를 향해 줄 맞춰 선 채 구호를 외치고 있었다. 이해가 되지 않았다. 휴식 시간이 되어서야 그 이유를 알 수 있었다. 세은이의 물음에 생수를 한 모금 마신 사라 아빠가 설명을 해줬다.

"응, 맞아! 이 학교 공사를 반대하지 마라는 시위야."

"어머! 이게 학교 짓는 공사예요?"

"그래. 학교 신축 공사야."

세은이는 몽둥이로 뒤통수를 맞은 듯 머리가 띵했다.

"무슨 학교요?"

"일반학교가 아니고 특수학교야. 장애우들을 위해 특별하게 짓는 학교."

"아아!"

세은이는 그제야 무슨 말인지 이해가 되었다. 예은이도 고개를 끄덕였다.

"그런데, 대체 누가 반대해요. 반대하는 사람 아무도 없는데요."

"하하! 곧 알게 돼!"

사라 아빠는 더 이상 설명을 않고 곧 알게 된다며 허허 웃었다.

점심때가 되자 모두 가로수 밑이나 인도 안쪽에 끼리끼리 모여 앉아 도시락을 먹었다. 교회에서 싸온 것이라 반찬 가짓수가 네 개밖에 안 되었다. 하지만 네 가지 다 맛있었다. 두 시간이나 고래고래 고함을 지르다 먹는 것이라 그런지는 몰라도 세은이와 예은이는 도시락을 싹싹 핥아먹었다.

"형제자매 여러분, 멀리 가지 마세요. 곧 오후 시위를 시작할 겁니다."

빨간 모자 아저씨의 안내에 따라 세은이는 사라, 예은이랑 화장실에 갔다가 얼른 돌아왔다. 그리고 은행나무 가로수 밑에 앉아 오후 시위가 시작되기를 기다렸다.

"사라야, 특수학교면 장애우들한테 좋은 일인데, 도대체 누가 반대한다는 거니?"

"맞아. 반대하는 사람 여태 한 명도 안 나타났잖아?"

"나도 모르지. 처음 왔는데. 하여튼 재미는 있다. 그치?"

"응, 사라 언니, 무척 재미있어!"

세은이도 난생 처음 해보는 독특한 경험이라 재미를 느꼈다. 무엇보다 예전에 텔레비전 뉴스에서 얼핏 보았던 그런 시위가 아니라서 좋았다. 마스크를 한 많은 사람들이 차도까지 점거하고 서서 돌을 던지고, 화염병을 투척하고, 쇠 파이프를 휘두르는 광경은 아주 끔찍하고 무서웠었다.

"나도 재밌어. 질서정연하게 서서 구호나 따라 외치고, 피켓이나 흔드는 게 우스우면서도 재밌어!"

오후 시위가 시작되기 이십 분 전인 한 시 사십 분이었다.

"저쪽도 준비를 하는군!"

사라 아빠의 말에 세은이는 도로 건너편 고급아파트 단지를 바라보았다.

"어? 저게 뭐지? 뭐라고 쓴 거야?"

도로에 접한 아파트 몇 개 동에 길쭉한 현수막이 내걸렸다. 모두 세 개였다.

"'미세먼지 소음공해 학교 공사 중단하라!'고 써 있어, 언니!"

"저쪽 거는 '살기 좋은 우리 동네 특수학교 웬 말이냐?'라는 구호야."

"그 다음은 '집값 하락 부추기는 특수학교 결사 반대!'라는 소리네."

현수막이 내걸리는 걸 신호로 아파트 단지에서 사람들이 몰려나와 건너편 인도에 늘어서기 시작했다. 건너편 아파트 단지뿐 아니라 주변 다른 아파트 단지에서도 사람들이 몰려와 건너편 인도는 금세 사람들이 가득 찼다. 네 줄 횡대로 늘어섰는데도 길이가 너무 길어 끝이 보이지 않았다. 교회연합시위대의 두 배가 넘어 보였다. 대부분이 아줌마들이었으나 아저씨는 물론 할아버지 할머니들도 상당수가 섞여 있었다. 심지어 초중등학생들과 유모차를 끌고 나온 애기 엄마들도 눈에 띄었다.

"와! 저쪽은 되게 많다."

"앞에 종이박스도 많이 갔다 놨는데 뭐가 들어 있는 거야?"

"생수나 먹을 거겠지 뭐!"

4차선 도로를 가운데 두고 서로를 노려보며 서 있는 양측 시위대에는 전운이 짙게 감돌았다. 무거운 긴장감으로 숨소리마저 잦아드는 게 마치 결전을 코앞에 둔 군대와 똑같았다. 약 오분간의 침묵이 흐른 뒤, 날카로운 호루라기 소리가 전쟁의 시작을 알렸다. 건너편에서 들려온 호루라기 소리였다. 호루라기 소리가 끝나자마자 건너편 핸드마이크에서 증폭된 고성이 터져 나왔다.

"미세먼지 소음공해 학교 공사 중단하라!"

이어서 천 명의 사람들이 일제히 복창을 했다. 그 소리가 어마어마해 은행나무 가로수들이 몸을 부르르 떨었다. 그 때문에 가지에서 이탈된 녹색 은행잎들이 펄렁펄렁 낙하해 검은 아스팔트 위에 몸을 눕혔다.

"살기 좋은 우리 동네 특수학교 웬 말이냐?"

반대측 시위대의 고성이 몇 차례 이어지자 찬성측 시위대도 가만히 있지 않았다. 즉시 반격을 시작했다.

"함께 사는 세상이다 공사 반대 그만하라!"

세은이는 건너편 시위대의 인원에 압도되어 은근히 겁이 났다. 그러나 목청껏 구호를 외치면서 주먹을 치켜들었다.

"이웃 사랑 모르느냐 공사 진행 방해 마라!"

시간이 흐를수록 양측의 시위는 점차 과격해지기 시작했다.

목소리를 점점 크게 높여나갔다. 하지만 찬성측 시위대는 애초 반대측 시위대의 적수가 되지 못했다. 수적으로도 열세지만, 핸드마이크를 수십 대나 가지고 있는 반대측 시위대의 목소리에 묻혀 찬성측의 구호는 제대로 들리지도 않았다.

"집값 하락 부추기는 특수학교 결사 반대!"

"돈에 눈먼 인간들아, 자식들이 본받는다!"

"집값 하락 부추기는 특수학교 결사 반대!"

"돈에 눈먼 인간들아, 자식들이 본받는다!"

나중에는 두 가지 구호만으로 양측이 악을 써가며 소리를 질러댔다. 세은이도 악에 받쳐 목이 쉬도록 있는 힘껏 외쳤다.

"돈에 눈먼 인간들아, 자식들이 본받는다!"

그 구호를 막 마쳤을 때였다. 무언가가 공중에서 쐬웅 날아오는가 싶더니 이마에 정통으로 맞았다.

"아악!"

여기저기서 비명 소리가 들렸다.

"아니, 저것들이 이걸 던졌어!"

계란이었다. 건너편에서 날계란이 수백 개씩 날아와 사람들에게 떨어졌다. 피켓을 든 사람들에 앞에서 막아주고 또 각자 몸을 움츠리고 머리를 감싸기도 했지만 계란 세례를 피할 수는 없었다. 세은이와 예은이는 물론 사라와 사라 아빠 엄마도 한두 개씩 다 맞고 말았다. 그런데 거기서 끝이 아니었다. 이번에는 계란이 아닌 감자가 날아오기 시작했다. 아이 주먹만 한 감자가 쉴 새 없이 날아와 사람들을 때렸다.

"크악!"

"욱!"

아까보다 더 큰 비명 소리가 사방에서 터져 나왔다.

"맞고만 있지 말고 우리도 공격하자!"

"좋아! 감자를 주워서 집어던져!"

찬성측 아저씨들이 감자를 주워 집어던지기 시작했다. 아줌마들은 인도에 떨어진 감자를 부지런히 주워 아저씨들에게 건넸다. 사라도 위험을 무릅쓰고 열심히 주워 날랐다. 그러나 세은이와 예은이는 멀찍이 비켜서서 쳐다보기만 했다.

"특수학교 결사 반대!"

그러나 저쪽에서 더 많은 감자가 날아들었다. 그들은 감자박스를 계속 공급받고 있었다. 한참 동안 감자 투석전이 이어지며 양측의 감정은 극한으로 치달았다. 급기야는 손가락질을 하며 쌍스런 욕설을 퍼붓기도 했다.

"저것들이 보자보자 하니까. 더 강한 공격을 해야 돼! 날 따라와!"

날계란으로 머리가 범벅이 된 초록 셔츠 아저씨가 학교 공사장으로 뛰어갔다. 다른 아저씨 이십여 명이 그의 뒤를 따랐다. 그사이 감자는 계속 양쪽을 향해 허공을 날아다녔다. 잠시후 공사장으로 들어갔던 아저씨들이 우르르 몰려나왔다. 그들 손에는 감자 크기의 돌멩이가 서너 개씩 들려 있었다. 그들은 차도로 내려가서 한 줄로 도열해 섰다.

"이놈들 맛 좀 봐라!"

그리고 곧 초록 셔츠 아저씨가 건너편을 향해 돌멩이를 집어던지려는 순간,

"잠깐! 안 돼요!"

누군가가 크게 소리를 질러 그를 만류했다.

사라 아빠였다. 사라 아빠가 손을 내저으며 던지지 말라고 소리쳤다.

"돌멩이 던지면 안 됩니다."

"왜 안 돼요? 저놈들은 계란 감자 다 던지는데."

"사람 다치면 어떡하려고 돌멩이를 던집니까?"

그 말에 초록 셔츠 아저씨가 눈을 부라렸다.

"아니, 이 양반 이거……. 우리는 다쳐도 되고 저놈들은 다치면 안 된다는 거요?"

"그러게 말야. 당신 어느 교회에서 온 사람이요? 참견하지 말고 뒤쪽으로 비켜서서 있어요."

사라 아빠와 몇몇 아저씨가 말싸움을 하는 걸 건너편 사람들도 지켜보고 있었다. 곧 그들은 교회시위대가 자기들에게 돌멩이를 던지려고 한다는 걸 알아챘다. 누군가의 지시로 삼, 사십 명의 사람들이 바삐 움직이더니 인도에 깔린 보도블록을 빼내 감자알만 하게 부수기 시작했다. 그런 다음 그것을 들고 차도로 내려와 일렬로 선 후 던질 자세를 취했다.

"아니, 저것들이 보도블록을 깨서 들었네?"

"그럼 우리도 보도블록을 깨서 쌓아놓자고."

"그래. 이에는 이, 눈에는 눈이야."

몇 사람이 보도블록을 깨서 쌓기 시작하자 건너편 사람들은 더 많은 보도블록을 깨 수북하게 쌓았다.

"이러시면 안 됩니다. 이걸 던지면 사람이 크게 다쳐요."

"당신은 가만히 있으라고 했지?"

콧수염 아저씨가 사라 아빠의 멱살을 잡으려고 다가왔다. 그 순간,

"아저씨 뭐예요? 우리 아빠 말이 맞잖아요?"

사라가 휠체어 앞을 막아서서 두 팔을 벌린 자세로 자기 아빠를 보호했다. 그리고 콧수염 아저씨를 날카롭게 쏘아보았다.

"참나! 너나 다치지 말고 저만큼 물러나 있어!"

이미 갈 데까지 간 양측은 한 치의 양보도 없었다. 아이들과 여자들은 뒤로 물러나고 남자들만 남아 본격적인 투석전을 펼칠 차비를 차렸다. 특수학교 찬성측은 오십여 명, 반대측은 이백 명에 가까운 사람들이 차도에 길게 서서 손에 블록 조각을 든 채 서로를 잡아먹을 듯 노려보았다. 팽팽한 긴장감 속에서 서늘한 침묵이 양편 사이에 놓인 4차선 차도를 따라 흘렀다. 큰 싸움으로 번질 일촉즉발의 순간, 사람들은 입을 굳게 다물고 조마조마한 마음으로 손에 땀을 쥐었다.

가까운 건널목의 신호등 불빛이 빨간색에서 녹색으로 바뀌

었다. 그와 동시에 양측 사람들이 마른침을 꿀꺽 삼키고 블록 조각을 든 손아귀에 힘을 넣었다. 바로 그때였다. 8차선 대로인 양천로에서 흰색 승합차 한 대가 급하게 방향을 꺾어 이쪽 길로 들어섰다. 그러자마자 전속력으로 달려와 양측의 중간지점인 차도 가운데에 멈춰 섰다. 모든 사람들의 시선이 흰색 승합차로 쏠렸다. 곧 차문이 열리고 안에 탄 사람들이 한 명 두 명 내려왔다. 파마머리 아줌마, 커트머리 아줌마, 안경 쓴 아저씨, 파란색 수건을 쓴 할머니, 해진 바지를 입은 아줌마, 오물이 묻은 앞치마 차림의 아줌마, 찢어진 셔츠 차림의 아저씨……. 작은 차에서 무려 스물한 명의 사람들이 내렸다. 모두 허름한 옷차림에 얼굴 주름이 많은 그들은 도로 중앙의 노란선 위에 옆으로 늘어섰다.

"사라야, 저 사람들은 누구야?"

"나도 몰라!"

시위대의 웅성거림 소리가 차차 커져가는 중에 차에서 내린 사람들이 갑자기 아스팔트 위에 무릎을 꿇었다. 그런 다음 눈물을 흘리며 애원을 하기 시작했다.

"이렇게 무릎 꿇고 간절히 간절히 애원합니다! 제발 우리 아이가 이 학교에 다닐 수 있게 해주세요."

"장애가 있다고, 몸이 불구라고 배우지도 말라는 건 너무 가혹합니다. 우리 아이들에게서 희망을 빼앗지 말아주세요. 불쌍히 여기고 사랑을 베풀어주십시오. 제발!"

"우리 아이들이 보기 싫으시면, 등하교 시에 아이들이 보이지 않도록 차에 선팅을 짙게 하고, 학교 안에서만 타고 내리게 하겠습니다. 그리고 학교 울타리를 따라 큰 나무를 빼곡히 심어서 학교도 보이지 않게 하고요."

장애우 부모님들의 울음소리가 차도 위 허공을 가득 메웠다. 교회측 시위대에서도 훌쩍이는 소리가 새어나왔다. 세은이도 어느새 눈물이 흘러 뺨을 타고 내렸다. 예은이와 사라도 글썽이는 눈으로 어깨를 들썩였다. 얼마 후 특수학교 반대측 시위대들이 한 명 두 명 흩어지기 시작했다. 하지만 전체 이십 퍼센트 정도만 돌아가고 나머지 팔십 퍼센트는 그 자리에 그대로 남아 차도에 무릎을 꿇고 있는 장애우 부모님들을 물끄러미 지켜보았다.

맴돌이 춤

    날짜가 빠르게 지나 10월 중순이었다. 세은이는 집으로 돌아가다가 전에 바퀴벌레 가족을 놓아주었던 들깨밭에 이르렀다. 등하굣길에 예은이와 둘이 가끔 멈춰 서서 살펴보곤 했던 장소였다. 예은이는 두세 번 먼저 가보자고 그러더니 나중에는 내가 언제 그랬냐는 식으로 금세 잊어 먹었다. 그러나 세은이는 그 옆을 지날 때마다 혹시 죽지 않았는지 걱정이 되었다. 바퀴벌레 가족이 너른 들깨밭 어딘가에 살아서 숨어 있을 것만 같았다.

    "세은아! 세은아!"

    자기를 부르는 소리에 세은이는 뒤를 돌아다보았다. 소망약국 약사 언니였다. 길 건너 초원아파트 상가에서 약사 언니가 손짓을 하며 부르고 있었다.

"이리 와봐! 빨리!"

한달음에 달려갔다.

"왜요, 언니?"

"들어와!"

의아해 하며 안으로 들어가자 자리를 권했다.

"거기 앉아서 좀 쉬었다 가. 내가 음료수 줄게."

"아, 예!"

약사 언니가 뚜껑을 따서 건네주는 드링크 병을 받아들고 한 모금 마셨다.

"지지난주 토요일 날, 세은이 너 요 앞 주차장에서 방주교회 승합차 타는 거 봤어. 짐도 잔뜩 싣고 그러던데 그날 어디 놀러 가는 거였니?"

"아, 그날요? 서울 갔었어요."

"서울? 서울을 왜?"

약사 언니의 커다란 눈망울에 호기심이 가득했다.

"저 그날 서울 가서 완전 충격 먹었어요."

"충격?"

"저도 처음엔 놀러가는 줄 알았는데요. 글쎄요. 가보니까, 데모를 하라지 뭐예요?"

"데모? 시위를 했단 말야?"

약사 언니가 크게 입을 다물지 못했다. 어린애가 무슨 시위라는 표정이었다.

"예에!"

"어머나! 어디서 무슨 데모를 했다는 거야?"

"특수학교를 짓는데요. 그 주변 아파트 주민들은 반대 시위를 하고 우리 교회 연합 사람들은 찬성 시위를 해서 맞붙었어요."

세은이는 그날 있었던 일을 약사 언니에게 자세히 설명해주었다.

"아아! 그런 시위였구나?

"예! 불쌍한 장애우들을 위해 특수학교를 짓는 건데, 주민들이 왜 그렇게 반대하는지, 참!"

"그런 걸 님비라고 그래!"

잘못 들은 것 같아서 확인 질문을 했다.

"예? 냄비요?"

"아하하! 냄비가 아니고 님비! 사회시간에 아직 안 배웠나 보구나?"

"님비요? 그게 뭐예요?"

생전 처음 들어보는 말이었다.

"영어로 낫 인 마이 백 야드Not In My Back Yard의 준말인데, 혐오시설이 자기 집 근처에 세워지는 걸 적극 반대한다는 거야."

"혐오시설이요? 특수학교가요?"

"그래! 특수학교뿐 아니라, 원자력 발전소, 핵 폐기장, 쓰레기 매립장, 노인병원, 장례식장, 화장장 같은 시설이 자기 동네에 들어서는 걸 많이들 반대해!"

세은이는 이해가 되지 않아 고개를 갸웃거렸다.

"그래서 그날 시위가 어떻게 끝났어?"

"아, 나중에는요. 아주 크게 싸움이 붙기 일보 직전에요. 흰색 승합차가 나타나 양쪽 시위대 중간에 서더니, 장애우 부모님들 수십 명이 내려서요. 반대하는 주민들을 향해 무릎을 꿇고⋯⋯."

그날 마지막 장면을 설명하는 세은이의 눈에 눈물이 고여 그렁그렁했다.

"그래서 사람들도 막 울고 저도 울었어요. 처음에는 충격을 먹었는데, 마지막엔 감동을 먹었던 거죠. 아주 독특한 느낌이었어요."

"세은이가 귀한 경험을 했구나!"

"참, 언니는 교회 안 다녀요?"

"응! 나는 종교가 없어. 무종교야. 사라가 자기네 교회 나오라고 몇 번이나 부탁했는데, 정중히 거절했어!"

사라가 만나는 사람마다 자기네 교회에 나오라고 전도를 하며 다닌 것 같았다. 그런 적극적인 행동이 그다지 싫지 않았다.

"사라 걔 그거 있잖아요? 분노조절장애요. 그거 많이 좋아진 것 같아요. 요즘은 화내는 거 거의 못 봤어요."

"오오! 다행이다. 요즘 약은 효과가 좋다고 했잖아? 제약회사에서 어마어마한 돈을 들여서 연구를 아주 많이 하거든."

"근데요, 언니! 약사는 어떻게 되는 거예요?"

전에부터 궁금했던 거였다.

"왜? 약사 되는 게 꿈이야?"

"아니요. 그냥 알고 싶어서요."

약사를 꿈꾸고 있는 건 아니고 관심이 조금 가기는 했다.

"대학을 약학대학으로 진학해서 약학전공을 해야지. 그래서
졸업하고 약사국가고시를 봐서 합격해야지."

"약학대학 가려면 공부 잘해야 되죠?"

"음! 그럼! 상위권엔 들어야지!"

"그렇군요. 음료 잘 마셨어요, 언니! 이제 갈게요."

자리에서 일어서자 약사 언니가 급히 만류했다.

"잠깐만! 세은이 너한테 전해줄 게 있어서 부른 거야."

"예? 뭘요?"

약사 언니가 판매대 안쪽으로 들어가더니 편지 한 통을 가지고
나왔다.

"짠! 이거 받아!"

"이게 뭐예요?"

"제약회사에서 온 통지서야."

"제약회사 통지서요? 무슨 통지요?"

"네가 만든 미로상자 있잖아? 그 바퀴트랩이 이등에 입상했
대!"

혹시 잘못 들은 게 아닌지 귀가 의심스러웠다. 약사 언니를 쳐다보며 큰 소리로 물었다.

"정말이요?"

"그래! 직접 읽어봐! 시상식에 꼭 참석하래. 상금도 있어. 백만 원!"

"예? 배, 백만 원이요?"

"응! 일등을 했으면 이백만 원인데 조금 아쉽다."

세은이는 통지서를 들고 집으로 달렸다. 너무 기뻐서 몸이 공중으로 둥둥 떴다. 번개맨보다 더 빨랐다. 안방에서 낮잠을 자고 있는 예은이를 깨울까 하다가 그만두었다. 자기 방으로 들어가 책상에 앉았다. 심호흡을 해서 마음을 가라앉힌 다음 다시 통지서를 읽어보았다. 월관중학교 1학년 6반 오세은. 분명히 자기 이름이 쓰여 있었다. 출품작품명: 바퀴미로트랩(마법상자) 및 미끼(삼콤쿠키). 자기가 만든 마법상자와 삼콤쿠키도 적혀 있었고, 상금 백만 원과 시상식에 꼭 참석해서 자리를 빛내 달라는 내용도 틀림이 없었다.

"이등? 상금이 백만 원?"

통지서를 몇 번이나 읽고 또 읽고 하다가 책상 서랍에 잘 넣어 두었다. 그런 다음 창문을 활짝 열고 밖을 내다보았다. 창문 밖에 펼쳐진 먼 풍경과 가까운 풍경을 살펴보며 오랫동안 서 있었다.

하늘이 어둑어둑해지자 세은이는 부엌으로 가서 냄비에 물을 받아 가스레인지 위에 올렸다. 이어 라면을 하나 꺼내고 계란도 하나 준비했다. 그리고 예쁜 투명 유리그릇에 담긴 김치를 냉장고에서 꺼내 밥상 위에 올렸다.

"라면에는 신김치 하나면 끝이야."

물이 끓기 시작하자 스프를 넣고 이 분 동안 기다린 뒤 면을 넣었다. 젓가락으로 면을 들었다 놓았다를 반복하다가 삼 분이 지났을 때, 계란을 깨 넣고 일 분을 더 끓였다.

"쫄깃쫄깃 맛있는 라면 완성!"

냄비째 밥상에 올려 들고 안방으로 들어갔다.

"예은아. 일어나. 저녁 먹자!"

"응? 저녁?"

"그래! 내가 라면 맛있게 끓였어. 얼른 먹자."

예은이가 부스스 일어나서 수저를 들었다.

"붇기 전에 먹어야 맛있어! 빨리 면부터 건져먹고 국물에 찬밥 말아먹자."

"알았어, 언니!"

"김치도 지금 알맞게 익어서 아주 맛있어! 여기서 더 익으면 맛이 떨어지니까 많이 먹어. 이 시큼한 김치가 라면의 느끼함을 잡아주는 역할을 한대."

그 말을 해줬더니 예은이가 김치를 크게 크게 집어먹었다.

"아참! 우리 저번에 서울에 데모하러 갔었잖아?"

"응!"

"그날 그 특수학교 반대하는 아파트 주민들 수백 명이 떼거리로 나왔었잖아?"

"응!"

대체 무슨 얘기를 꺼내려는가 하고 예은이가 눈을 빠르게 끔벅거렸다.

"그렇게 반대하는 걸 너 뭐라고 그러는지 알아?"

"그거? 그거 쉽지. 반대 데모!"

"그거 아냐!"

"아냐? 그럼, 반대 시위?"

너무 쉽게 장난스레 대답하는 예은이가 얄미워 세은이는 눈을 부릅떴다.

"그것도 아냐!"

"뭐라고 해, 그럼?"

"님비!"

"뭐? 냄비? 우헤헤헤! 이 라면 냄비?"

예은이가 젓가락으로 상을 두드리며 염소 소리로 웃었다.

"언니, 라면 먹는데 장난 좀 하지 마, 좀! 냄비가 뭐야?"

"냄비가 아니라, 님비, 님비!"

"칫! 냄비나 님비나 그게 그거지!"

"그 님비라는 게, 자기 동네에 혐오시설이 들어서는 걸 무조건 반대한다는 건데, 그게 영어로……. 다음에 자세히 알려줄게. 가서 찬밥 가져와. 말아 먹자!"

텔레비전 만화영화를 틀어놓고 라면 국물에 찬밥을 말아 둘이서 싹싹 긁어먹었다.

"와! 너무 맛있었다!"

"나도 맛있었어. 언니는 이제 라면 끓이는 선수야, 선수!"

"아냐. 아직 선수는 아니지!"

"근데 언니 오늘 무슨 좋은 일 있어? 아까부터 자꾸 웃게."

그제야 눈치챘는지 예은이가 곁눈으로 보며 물었다.

"있긴 있어!"

"뭔데?"

"나중에 말해줄게."

세은이는 라면 끓인 냄비와 숟가락 젓가락을 수조에 담가두고 자기 방으로 들어갔다. 수조에는 아침에 넣어둔 것까지 합쳐져 설거지거리가 산더미만 했다.

"좀 쉬었다가 한꺼번에 해치우는 게 나아!"

침대 위에 벌렁 누워 손깍지를 해 뒷머리를 받쳤다. 그리고 천장에 매달린 형광등을 바라보았다.

"내가 만든 마법상자가 이등을 하다니? 믿어지지가 않아!"

생각하면 할수록 기뻐서 감정을 주체할 수가 없었다. 야호! 소리를 목청껏 내지르고 싶었다. 이불을 뒤집어쓰고 정말, 야호-! 야호-! 소리를 질러보았다. 그래도 기쁨이 가시지 않았다.

"악!"

비명 소리에 놀라 세은이는 벌떡 일어났다. 잠깐 잠이 들었었는데, 비명 소리가 마치 귀에 바짝 대고 지르는 것처럼 아주 크게 들렸다.

"무슨 소리지?"

침대에서 내려서서 가만가만 주방으로 나갔다.

"엉?"

예은이가 싱크대 밑에 쪼그리고 앉아 있었다.

"예은아, 왜 그래?"

다가가 보니 예은이 손에서 붉은 피가 뚝뚝 떨어졌다.

"어쩌다 다친 거야?"

"설거지하다가 유리그릇을 깼어!"

주방 바닥 여기저기 사방에 유리조각이 나뒹굴었다.

"이 유리그릇 엄마가 아끼는 건데, 어떡해? 누가 너보고 설거지하랬어?"

"언니 도와주려고 한 건데, 왜 짜증이야?"

"웬일로 안 하던 짓을 해?"

화가 치밀어 목소리가 더욱 크게 나왔다.

"언니 자고 있기에, 피곤한가보다 생각하고 내가 대신 해주려고 한 거라고."

"빨리 들어가서 휴지로 지혈이나 해!"

"알았어. 칫!"

유리조각을 치우고 설거지를 하면서도 세은이는 걱정이 태산 같았다. 이제 곧 엄마가 올 시간인데. 뭐라고 얘길 해야 되지? 내가 깨트렸다고 하면 왜 조심하지 않고 덤벙댔느냐고 혼날 테고, 예은이가 깨트렸다고 하면 왜 서투른 동생을 시켰냐고 혼날 텐데. 한숨이 길게 나와 뱀처럼 공중을 휘돌았다.

하필 엄마가 평소보다 십오 분이나 일찍 돌아왔다. 돌아오자마자 심상치 않은 집안 분위기를 파악한 엄마가 추궁을 하기 시작했다.

"집안 공기가 왜 이리 썰렁해? 무슨 일 있었어?"

"몰라! 예은이한테 물어봐!"

엄마가 안방으로 들어갔다.

"너 손에 왜 피가 나?"

"……!"

"왜 다친 거야?"

"……!"

예은이는 대답을 않고 가만히 있었다.

"언니랑 싸웠어?"

"……!"

"대답을 해, 좀!"

"깼어!"

거두절미하고 깼다라고 짤막하게 대답하는 예은이의 의도가 수상했다.

"깨? 뭘?"

"김치그릇, 투명유리로 된 거."

"뭐? 선물 받은 그걸 깼단 말야? 누가? 언니가?"

"……!"

예은이가 또 대답을 하지 않았다.

"누가 깼냐니까?"

"내, 내가."

"네가? 어쩌다가?"

"서, 설거지하다가……."

설거지 말이 나오자 세은이는 마음이 조마조마해 마른침이 꿀꺽 넘어갔다.

"뭐어? 왜 네가 설거지를 해? 언니는 뭐 하고?"

"언니는 자, 잤어!"

"자다니? 세은아, 이리와 봐!"

엄마의 카랑카랑한 목소리가 귓구멍 속으로 곧장 날아와 깊숙이 꽂혔다.

"나를 왜 불러? 내가 깬 것도 아닌데."

"동생은 설거지 시켜놓고 너는 잠을 잔다는 게 정상이라고 생각해?"

"내가 시키지 않았어! 지가 혼자 하다가 그런 거야."

"언니 말 정말이야? 네가 스스로 하다가 깬 거야?"

"……!"

예은이가 또 대답을 하지 않았다. 왜 사실대로 똑 부러지게 말을 안 하는 건지 세은이는 속이 부글부글 끓었다.

"대답을 해! 어서!"

"응! 정말이야."

"네가 웬 설거지를 다 했어?"

"언니가 피곤하게 자고 있기에 도와주려고 한 거야."

"그, 그래? 그러면 조심해서 했어야지! 손가락 어디 봐. 얼마나 다쳤나."

엄마가 예은이 손가락을 살피는 사이, 세은이는 자기 방에서 통지서를 가지고와 슬그머니 내밀었다.

"엄마, 이거."

"이게 뭐야?"

"읽어봐!"

엄마가 통지서를 읽어내려 갔다. 엄마 눈동자가 점점 커졌다. 입술도 점점 늘어났다.

"이게 정말이니? 설마 꿈은 아니겠지?"

"정말이야, 엄마. 진짜라고!"

예은이도 벌떡 일어나 눈을 크게 떴다.

"왜 그래, 엄마? 무슨 일이야?"

"네 언니가 만든 그 복잡한 상자가 이등을 했대. 그래서 상금을 백만 원이나 준대."

"정말? 우와-!"

셋이서 얼싸안고 토끼처럼 깡충깡충 뛰었다. 그러면서 옆으로 빙글빙글 맴돌이 춤을 한참이나 추었다. 그 바람에 쿵! 쿵!

맴돌이 춤

쿵! 소리가 아파트 전체에 크게 울려 퍼졌다. 이십 분쯤 지났을 때 갑자기 초인종이 요란스레 울렸다.

"그만! 누가 왔나 보다."

동작을 멈추고 엄마가 현관문을 열었다. 아래층 빼빼 아저씨가 도깨비 얼굴을 하고 전봇대처럼 서 있었다. 빼빼 아저씨의 옆과 뒤로도 십여 명의 사람들이 몰려서서 시퍼런 눈총을 쏘아댔다.

"한밤중에 왜 또 쿵쿵거리는 거야? 이 집에 전쟁 났어? 전쟁 났냐고? 엉?"

"죄, 죄송합니다! 조, 조용히 하겠습니다."

얼굴 나누기

정말 모처럼만에 셋이 안방에 나란히 누웠다. 엄마가 함께 얘기 나누다가 같이 자자고 해서 이루어진 것이었다. 세은이도 싫지 않아 흔쾌히 동의했다.

"큰딸 작은딸이랑 함께 자는 게 대체 얼마만이야? 삼 년인가? 사 년인가?"

"한 오 년은 됐을 걸?"

"어머! 그래. 그렇게 됐겠다."

세은이의 대답에 엄마가 크게 놀라는 표정을 지었다.

"앞으로 우리 종종 함께 자자! 얘기도 많이 나누고."

"엄마가 코를 안 골아야 같이 자지!"

"나 코 안 고는데, 예은이 넌 왜 자꾸 곤다고 그러니? 세은아, 내가 코를 고니?"

세은이는 잠깐 망설이다가 솔직하게 대답했다.

"음! 가끔!"

"그러니? 그거 이상하네? 암튼 앞으로는 골지 않을게!"

"약속해, 엄마!"

예은이가 새끼손가락을 내밀었다. 순간 엄마의 이맛살이 꿈틀거렸다.

"뭘 그런 걸 다 약속을 해? 가족끼리 서로 믿어줘야지!"

"그러다 골면 어떡할 거야?"

"안 곤다고. 골면 내 손가락에 장을 지진다, 장을!"

큰소리로 장담을 하는 엄마를 보고 세은이는 슬며시 웃고 말았다.

"엄마, 엄마가 코 골면 우리 다 함께 바다 구경 가자."

"바다? 예은이 너 바다 보고 싶어?"

"응! 내 짝이 여름방학 때 가족들이랑 울릉도 하고 독도 갔다 왔다고 맨날 맨날 자랑해서 얄미워 죽겠어!"

예은이가 '얄미워 죽겠어!'를 강조하며 목소리에 감정을 듬뿍 넣었다. 얼굴 표정도 매우 신김치를 먹은 것처럼 기괴하게 일그러트렸다.

"세은이 넌? 세은이 너도 바다 보고 싶어?"

"나는 뭐 그냥, 가도 되고 안 가도 괜찮고."

"언니, 그런 대답이 어딨어? 가면 가고 안 가면 안 가고, 확실하게 대답해야지!"

"그럴 수도 있는 거지. 꼭 둘 중에 하나를 택해야 되니?"

세은이는 선택을 강요하는 동생 예은이를 톡 쏘아붙였다.

"엄마가 시간이 나야 바다 구경을 가든지 산 구경을 가든지 하지! 엄마 요즘 바빠서 바다 구경은 나중에 아빠 오시면 함께 가자!"

"아빠한테 편지도 여태 한 통 안 오고……. 엄마, 아빠랑 전화 통화는 해봤어?"

그렇게 슬며시 묻고 난 세은이는 엄마의 옆얼굴에 시선을 고정시키고 대답을 기다렸다. 엄마가 어떤 대답을 하느냐에 따라 엄마 아빠의 현재 심리 상태를 추측할 수 있기 때문이었다.

"쓸데없는 전화는 뭔? 열심히 일하는 사람 괜히 마음만 뒤숭숭하게 하는 짓이지!"

엄마는 이해할 수 없는 말을 하고서 마른침을 삼켰다. 세은이는 무언가 느낌이 좋지 않아 표정이 굳어졌다.

"참! 언니, 상금 백만 원 타면 어디다 쓸 거야?"

예은이가 기대가 잔뜩 담긴 눈길로 바라보며 물었다.

"글쎄? 천천히 생각해봐야지 뭐!"

세은이는 상금을 받으면 컴퓨터를 찾아내 인터넷을 연결하고, 중고 휴대폰이라도 다시 개통해 달라고 엄마한테 부탁해볼 참이었다. 무엇보다 휴대폰이 없으니까 망망대해에 홀로 떠 있는 것 같은 고립감에 두렵기까지 했다. 전에는 휴대폰으로 몇몇 친한 친구들과 자주 통화를 하며 수다를 떨곤 했었는데, 지금은 연락을 할 수도 연락이 오지도 않았다.

"생각해보긴 뭘 생각해보니? 백만 원이면 적은 돈이 아닌데, 엄마한테 맡겨야지!"

당연히 그래야 한다는 투로 말하는 엄마가 미웠다.

"나는 판다곰 인형 하나 갖고 싶다. 아빠 오면 사달라고 해야지!"

판다곰 얘기를 하는 예은이의 속셈이 빤히 보여서 세은이는 눈을 한 번 흘겨줬다.

"아참! 엄마, 그거 알아?"

"뭐?"

"지지난주 토요일에 교회 차 타고 언니랑 서울 갔었는데……."

뜬금없이 예은이가 서울에 갔던 일을 꺼냈다. 세은이는 얼른 엄마의 눈치를 살폈다. 왠지 불안했다.

"서울? 서울을 왜 가?"

"교회 사람들 다 같이 서울 가서 데모하고 왔어?"

"뭐야? 데모?"

엄마가 벌떡 일어났다. 세은이도 따라 일어나자, 예은이도 마지못해 몸을 일으켰다. 엄마의 눈빛이 날카롭게 변해 있었다.

"데모라니? 교회에서 너희를 데모에 동원했단 말이야? 어린 너희를? 대답해봐!"

"그게 저……."

예은이가 대답을 못하고 머뭇거렸다. 엄마의 싸늘한 눈길이 세은이를 향했다. 대답을 하지 않을 수가 없었다.

"서울 학교, 장애우들을 위한 특수학교를 짓는 데 가서, 데모, 시위했었어. 그 학교를 반대하는 그곳 아파트 주민들과 맞서서 우리는 찬성하는 데모를……."

세은이가 더듬더듬 설명하자 엄마의 눈빛이 더욱 날카로워졌다.

"근데 그 데모를 왜 어린 너희까지 끌고 가서 하냐고? 그 교회 아무래도 수상하다. 경찰에 신고를 해서 조사 좀 해보라고 해야겠다."

"끌고 간 거 아니야!"

"그러면?"

세은이는 사실대로 다 털어놓았다.

"그냥, 사라가 함께 가지 않겠냐고 그러기에, 좋다고 하고 따라간 거야."

"언니 말 맞아, 엄마! 끌려간 게 아니고 따라간 거야. 가서 맛있는 도시락도 얻어먹었어. 소풍 가는 것 같았어. 재밌었다고!"

예은이가 보충설명을 해주자 엄마의 눈빛이 조금 부드러워지기는 했다. 그렇지만 표정과 목소리는 여전히 딱딱한 채였다.

"앞으로는 그런 데 절대 따라가지 마! 너희가 몇 살인데 그런 데 가서 데모를 하고 그래? 아무것도 모르면서. 알았지? 대답해!"

"알았어!"

예은이가 건성으로 대답했다. 엄마의 강압적이고 윽박지르는 말투가 싫었으나 세은이도 조그마한 목소리로 대답을 했다.

"엄마, 그렇게 장애학생들 특수학교 같은 거, 그런 거 반대하는 걸 뭐라고 그러는지 알아?"

"반대하는 거? 그거 저……. 아, 나도 뉴스에서 들은 것 같은데? 기억이 가물가물한 게 엄마도 이제 많이 늙었다. 그걸 뭐라고 그러지?"

"엄마, 내가 알려줄 테니 웃지 마! 그런 걸 님비라고 그런대. 냄비가 아니고 님비! 언니가 말해줬어."

"아, 님비! 맞아. 맞아! 님비 들어봤어. 나도 알고 있었어!"

늙어서 기억력이 떨어졌다고 핑계를 대던 엄마가 손뼉까지 치며 알고 있었다고 말했다. 그런 엄마를 물끄러미 바라보던 세은이가 넌지시 물었다.

"그러면 엄마, 엄마는 그런 특수학교나 쓰레기 매립장, 노인 병원, 장례식장 같은 혐오시설이 우리 동네에 들어오는 거 찬성이야? 반대야?"

"나? 나는 당연히 반대지!"

"반대? 왜?"

"왜는 뭐가 왜야? 그런 장애인 특수학교는 일단 보기가 좋지 않고, 무엇보다 아파트 값이 떨어지잖아? 그러니 주민들 누가 좋아하겠니? 그래서 반대 데모를 하는 거라고."

엄마는 조금의 망설임도 없이 자신의 소신을 주장했다.

"엄마, 그거 기억나? 나 초등 3학년 때 나랑 같은 반에 뇌, 뇌성마비랬나? 손발이 뒤틀려서 잘 걷지도 못 하고 연필도 잘 못 집던 아이 있었던 거?"

"뇌성마비 아이? 글쎄?"

"그 애 엄마가 그 애 매일 학교에 데려오고 데려가고 그랬잖아? 그때 엄마가 그 애 불쌍하다고 놀리지 말고 친하게 지내라고 그랬었잖아?"

"내가 그랬었어? 나는 기억 안 나는데."

엄마가 시치미를 뚝 떼며 고개를 가로저었다. 어른들은 자기에게 불리한 기억은 금방 지워버리는 모양이었다.

"분명히 그랬어. 그런데 아이들이 그 애 놀리고 싫어해서 그 애 몇 달 뒤에 다른 학교로 전학 갔어. 나도 애들이랑 같이 그 애 몇 번 놀리고 걸음걸이 흉내도 내고 그랬었어. 그래서 그 애한테 아직도 미안한 마음이 있어!"

세은이는 어쩌다 길거리에서 장애우들을 보면 그 애가 떠올라서 마음이 편치 않았었다.

"그렇게 놀리고 흉내 내고 그러는 건 나쁜 짓이지! 그렇지만 특수학교가 자기네 동네에 들어서는 거하고는 별개의 문제야."

"그러면 장애우들을 위한 특수학교는 아예 짓지 말아야 하겠네?"

"누가 짓지 말래니? 왜 하필 아파트 단지 옆에다 짓느냐 이 거지. 멀리 떨어진 외진 곳, 잘 안 보이는 곳에다 지으면 되는 걸."

"멀리 떨어진 외진 곳에다 지으면 장애우들이 학교 오가는 게 어렵지! 부모님들이 태워다주고 태워오고 하는 것도 힘들 거고."

세은이의 목소리가 한층 높아졌다. 눈에도 힘이 들어갔다.

"그건 그 사람들 사정이지! 자기 자식 등하교 시키는데 힘이 좀 들면 어때? 감수를 해야지! 하여튼 나는 반대야. 너희도 어른이 되면 다 알게 돼! 이제 그만 누워서 자자!"

다시 자리에 나란히 누웠다. 예은이는 졸리는지 하품을 몇 번 하더니 잠잠해졌다. 그러나 세은이는 전혀 졸리지 않았다. 엄마의 마음을 좀 더 알고 싶었다. 어떻게 그런 생각을 갖게 되었는지 궁금했다.

"엄마! 그러면 만약에, 만약에 나하고 예은이가 교통사고를 당해서, 갑자기 장애자가 되어 가지고 걷지 못한다면, 그때도 그런 특수학교 짓는 거 반대할 거야?"

"뭐? 교통사고? 재수 없게 왜 그런 소리를 해?"

엄마가 소리를 버럭 지르고 눈을 치켜떴다.

"만약에 말야. 그러면 동네에 특수학교 짓는 거 반대할 거냐고?"

"너는 질문을 해도 그렇게 꼭 도전적으로 하니, 어른한테?

그러면 못써! 말이란 아 다르고 어 다른 거야."

"대답해봐! 그때도 반대를 할 건지."

"아, 몰라! 몰라! 나 지금 졸려! 불 꺼!"

엄마가 대답을 회피하며 졸리다고 눈을 감았다. 하지만 엄마도 졸리지 않다는 걸 세은이는 잘 알고 있었다.

일어나서 형광등을 끈 세은이는 다시 엄마 옆에 누웠다. 가로등 불빛이 스며들어온 안방은 어둡지도 않고 밝지도 않아 눈이 편했다. 흐릿한 조명 빛 아래 있는 것 같아 이야기를 나누기에도 제격이었다.

"엄마, 나는 그런 특수학교 동네에 짓는 거 찬성이야. 장애가 있는 학생들은 몸이 불편하니까 건강한 사람들이 배려를 해줘야 하는 거잖아?"

"배려? 배려는 어쩌다 해주는 거지, 허구한 날 매일매일 해줘봐라. 보기 싫고 짜증만 나지! 하여튼 너는 아직 어려서 그래. 너도 나중에 어른이 되면 생각이 달라진다고."

"나는 어른이 되어도 안 달라질 거야."

"그럼 너는 찬성해! 엄마는 반대니까!"

엄마가 목소리를 높이더니 몸을 돌려 반대로 누웠다.

그때, 자는 줄 알았던 예은이가 한마디 툭 던졌다.

"나는 찬성이든 반대든 상관없어! 그냥 중립이야, 중립!"

"뭐? 그런 게 어딨니? 찬성이나 반대 어느 한 쪽에 서야지!"

"아까 내가 바다 구경 가자고 했을 때 언니도 그랬잖아? 꼭 둘 중에 하나를 택해야 되나 뭐?"

"하참! 내가 말을 하지 말아야지!"

세은이는 오랫동안 잠들지 못했다. 엄마가 코를 골기 시작하고 예은이가 잠꼬대를 하기 시작하자 가만히 일어났다. 고양이 걸음으로 걸어 자기 방으로 가서 침대에 누웠다. 자기와 정반대인 엄마의 생각을 알고 났더니 엄마와 한 걸음 더 멀어진 느낌이 들었다. 유명 제약회사에서 이등상을 받은 걸 계기로 이제 조금 나아지려나 기대했던 엄마하고의 관계가 다시 불편해지고 말았다.

"뭐, 사람마다 생각이나 의견은 다 다를 수 있는 거니까."

그렇게 혼잣말로 자기 위로를 해보았지만 마음이 여전히 불편하고 기분 또한 나아지지 않았다.

다음날 세은이는 학교 수업을 마치고 월관초등학교 운동장으로 들어갔다. 교문 앞을 지나치는데 발걸음이 저절로 그리로 향한 것이었다. 오후 다섯 시가 넘어서 운동장에 초등학생들은 없었다. 놀이터에서 그네를 타거나 모래장난을 하는 동네 꼬마들만 서너 명 보일 뿐이었다. 텅 빈 운동장 담장을 따라 크게 한 바퀴를 돈 후 목련나무 밑 벤치에 앉았다. 친하게 지내던 아이들이랑 모여 앉아 수다를 떨곤 하던 장소였다.

"매년 봄이면 하얀 목련 꽃이 탐스럽게 피었었는데, 꽃은 하나도 없고 잎만 무성하네!"

육 년이나 다니다가 지난 2월에 졸업한 모교. 아침저녁으로 교문 앞을 지나면서도 그동안 한 번도 들르지 않았었다. 초등학교 교문과 중학교 교문은 겨우 삼십 미터 거리. 얄팍한 담장을 경계로 서로 붙어 있는 학교였다. 그런데도 마치 다른 세계인 양 겉모습도 아이들도 분위기도 확연히 달랐다.

"중학교보다 나는 여기가 더 좋아!"

세은이는 초등학교 시절 즐거웠던 순간들을 회상하느라 시간이 가는 줄도 몰랐다. 눈을 지그시 감고 4학년 때 가을 운동회 날로 날아갔다. 엄마가 맛있는 김밥 도시락을 싸가지고 왔었고 회사일로 바쁜 아빠도 와서 응원을 해줬었다. 백 미터 달리기 시합.

"그날 일곱 명이 뛰어서 내가……."

삼등으로 달리다가 중간에 넘어지는 바람에 꼴등을 하고 말았다. 엄마는 왜 하필 중간에 넘어졌느냐고 면박을 했지만, 아빠는 달랐다. 아빠는 괜찮다고, 다시 일어나서 끝까지 뛴 게 장하다고 칭찬을 해줬었다.

"그날 저녁에 아빠가 성진이네 가게에서 양념통닭을 시켜서 맛있게 먹었었지!"

양념통닭 생각에 군침을 삼키는데 누가 뒤에서 어깨를 톡톡 쳤다. 고개를 돌려 뒤를 돌아다봤다.

"어머나!"

세은이는 벌떡 일어났다.

"뒷모습이 아무래도 너 같아서 퇴근하다가 와봤지! 세은이, 오랜만이네?"

"네 선생님! 그동안 안녕하셨어요?"

"나야 늘 안녕하지! 세은이는 중학생 되더니 키가 부쩍 컸네. 더 예뻐지고. 교복이 아주 잘 어울리는데."

6학년 때 담임이었던 지현옥 선생님이었다. 엄마보다 열 살 정도 나이가 많아 머리카락이 희끗희끗했다.

"예뻐지기는요? 그대로죠!"

"그런데 여기 초등학교에는 웬일이야?"

"그냥 지나다가 들어와 보고 싶어서요. 옛날 생각도 나고요."

"옛날은 무슨? 졸업한 지 일 년도 안 됐는데. 누가 들으면 한 십 년은 됐는 줄 알겠다!"

그러고 보니 그랬다. 졸업한 지 겨우 팔 개월인데, 마치 팔 년은 지난 듯한 느낌이 들었다.

"그래 중학교 생활은 어때? 좋아?"

"뭐 그냥 그래요. 초등학교 때가 더 좋은 것 같기도 하고요."

"으음! 너 적응이 잘 안 나 보구나?"

세은이는 아무 대답도 않고 묵묵히 있었다. 그러자 지현옥 선생님이 벤치에 앉았다.

"세은아, 여기 옆에 앉아봐!"

세은이가 옆에 앉자 지현옥 선생님이 교복 칼라를 펴주고

넥타이를 바로 잡아주었다. 엄마는 좀처럼 해주지 않는 보살핌이었다.

"세은이 네 눈빛을 보니까 무슨 문제가 있는가 본데, 나한테 털어놓아 봐!"

"없어요, 문제!"

세은이는 고개를 흔들며 부인했다. 그러고는 차마 선생님이랑 눈을 마주볼 수가 없어서 시선을 하늘 멀리로 돌렸다.

"너 6학년 때는 얼굴빛이 밝고 환했었는데, 지금은 좀 어두워 보여! 무슨 고민거리가 있는 거지?"

"……!"

"나한테 말하기가 곤란한 일인가 보구나?"

"……!"

세은이는 잠자코 있었다. 뭐라고 대답해야 할지 몰라 입이 떨어지지 않았다.

"무슨 고민인지는 몰라도 우선 엄마한테 말씀 드려. 그래도 엄마들은 딸 고민을 가장 잘 이해하니까."

선생님의 말에 세은이는 속으로 콧방귀를 뀌었다. 무슨 근거로 그렇게 말을 하는 건지 의아스러웠다.

"우리 엄마는……."

거기서 입을 다물어버렸다. 엄마 얘기를 해야 하는 건지 판단이 서지 않았다. 엄마가 많이 변했다고. 그리고 이해심도 없고. 나하고는 생각이 아주 다르다고. 한마디로 말이 통하지 않는다고. 그런 말을 늘어놓는 게 창피할 것 같았다.

"엄마가 뭐?"

"우리 엄마는 많이 바쁘세요."

"그래? 무슨 일 시작하셨니? 작년에 학교에 오셨을 때 일하는 거 없다고 하셨는데?"

세은이는 지현옥 선생님이랑 나란히 앉아 있는 게 불편해지기 시작했다. 엄마와 달리 이해심이 많고 자상한 선생님이라 좋아하긴 했으나, 혼자 있고 싶었다.

"무슨 가게 차리셨니? 엄마가 아기자기한 수입 가구에 관심이 있다고 하신 게 기억나는구나! 어린이용 수입 가구점 차리셨니?"

"음! 예!"

가게를 차린 게 아니고 가게에 일을 나가세요. 아버지 사업 실패로 거지같은 아파트로 이사를 갔고요. 아빠는 돈을 벌러 멀리 사우디로 말도 없이 떠났고요. 게다가 곧 엄마 아빠가 이혼을 해서 가족이 뿔뿔이 흩어질지도 몰라요. 그 말이 입 속에서 맴돌았지만 입 밖으로 나온 말은 "예!"라는 대답이었다.

"그러니까 엄마가 바쁘신 거지. 너를 보살펴주고 싶어도 그럴 시간이 없는 거야. 거기에 네가 중학생이 되어 학습 환경이 바뀐 데다가, 너도 이제 사춘기에 접어들어서 신경이 예민해지고, 이것저것 소소한 일에도 불만이 쌓이고, 그래서 네 얼굴이 어두워진 거고. 내 말 맞지?"

사춘기라는 말이 귀에 몹시 거슬렸다. 하지만 세은이는 고개를 끄덕여주었다.

"세은아, 일하시느라 바쁜 엄마를 네가 이해해 드려야지! 너도 이제 중학생이 되었는데."

'중학생이 되었는데'라는 말은 더욱 거슬려 인상을 찌푸렸다. 걸핏하면 사춘기, 중학생을 꺼내놓는 어른들이 싫었다.

"시간이 지나면서 그런 소소한 문제들은 자연스럽게 해결이 돼! 네가 적응 능력을 갖추게 된다고. 그러니까 너무 고민하지 말고 그냥 흘려보내! 내 말 무슨 말인지 알지?"

"예에!"

자신의 문제를 선생님이 소소한 문제로 보고 멋대로 해석하는 게 세은이는 섭섭했다.

"세은아, 가자! 내가 차 태워다 줄게. 집이 그린피아 아파트지?"

"저, 선생님! 고맙지만 저는 여기 좀 더 있고 싶어요. 좀 더 있다가 혼자 갈게요."

"그래? 그러면 너무 늦지 않게 가고 차 조심해! 엄마한테 안부인사 전해주고."

"예, 선생님!"

선생님이 차에 올라 또 보자며 손을 흔들고 떠나자 세은이는 자리를 구석진 곳으로 옮겼다. 화단 좌측 끝 독서하는 소녀 상 뒤쪽이었다. 그곳에 앉아 작은 돌멩이로 땅바닥에 낙서를 했다. 아빠 얼굴, 엄마 얼굴, 자기 얼굴, 예은이 얼굴을 그려놓고서 선을 그어 둘 둘씩 나누기도 하고, 하나와 셋으로 나누기도 하고, 각각 하나씩 나누기도 하면서 시간을 보냈다. 어떤 방법으로 나누든 한 가족을 나눈다는 것 자체가 어색하고 부자연스러웠다.

"어, 벌써!"

한참 만에 고개를 드니 동네 꼬마들마저 가버린 운동장에 땅거미가 몰려들기 시작했다. 세은이는 놀이터로 가서 그네에 앉았다. 시계추처럼 그네를 타고 왔다 갔다 하면서 비행기를 타고 먼 나라로 여행을 가는 상상을 했다.

그리고 모래밭에 앉아 두꺼비집도 지어보았다. 옛날에 제주도로 가족여행을 갔을 때 해수욕장 모래사장에서 엄마, 아빠, 예은이랑 해보았던 놀이였다.

"파도가 밀려왔다 밀려가는 곳에다 모래성도 쌓았었는데!"

가족 네 명이 합심해서 커다랗고 멋진 모래성을 쌓았으나 파도에 와르르 무너졌었다. 그러면 다시 쌓기를 지치도록 거듭하고. 마침내는 아주 근사한 모래성을 쌓은 뒤 반복적으로 밀려오는 바닷물을 넷이서 막아냈다. 성을 보호하는 방파제를 성보다 더 높게 쌓아서.

"한 번 달려볼까?"

어둠이 살짝 깔린 텅 빈 운동장을 바라보니 있는 힘껏 달려보고 싶은 충동이 일었다. 세은이는 운동장으로 나가서 백 미터 트랙 출발점에 섰다. 그러고는 잠깐 몸을 푼 후 전속력으로 달렸다. 한 번이 아니라 두 번이나 왕복을 했다. 총 사백 미터를 질주하고 났더니 이마에 땀방울이 솟고 속옷에도 땀이 촉촉이 배었다. 하지만 마음이 그다지 후련해지지 않았다. 무엇이 뭉친 듯 가슴 한편이 묵직하고 답답했다.

초등학교 교문을 나선 세은이는 집으로 향했다. 가능한 한 천천히 걸었다. 집에 일찍 가봐야 즐거운 일이 없다는 걸 알기에 느릿느릿 걸으면서 생각에 잠겼다.

"사라네 교회에 들러보자. 많이 아픈가 봐!"

사라는 어제 몸 상태가 좋지 않다며 하루 종일 책상에 엎드려 있더니 오늘 학교에 오지 않았다. 아까 학교에서 짝의 휴대폰을 빌려 사라에게 전화를 했었다. 진짜 아픈 목소리였다. 끙끙 앓는 목소리로 몸무게가 한 2, 3킬로그램 또 빠질 것 같다고 너스레를 떨었다. 바퀴벌레 생포하는 마법상자가 이등에 당선되었다고 말하자, 사라는 마치 자기 일인 양 아픈 것도 잊고 펄쩍펄쩍 뛰며 좋아했다. 축하하다는 말을 수없이 되풀이하면서.

"사라가 점점 더 좋아져! 사라가 정말 예쁜 인어공주 같아!"

평강 선화 백설

세은이는 사라와 함께 서울 장애우 특수학교 건설공사장에 한 번 더 갔었다. 반대하는 주민들이 지난번보다는 다소 줄어든 것 같았다. 그러나 여전히 상당한 수의 사람들이 몰려나와서 반대 시위를 했었다. 경찰이 많이 배치되어 있어서 저번처럼 과격 시위는 없었다. 양측이 피켓을 들고 구호를 외치는 말싸움만 세 시간 가까이 진행되었었다. 그날 엄마가 그곳에 또 갔었다는 걸 알고 싫은 소리를 퍼부었다. 그 때문에 엄마와 언쟁을 벌여 엄마와의 관계가 여전히 서먹서먹했다.

10월 넷째 주 토요일 아침이었다.
"예은아, 세은아, 늦기 전에 어서 가자!"
"응! 엄마! 나 준비 다 됐어!"

"세은이 너는?"

엄마의 물음에 세은이는 기어 들어가는 목소리로 대답했다.

"나는 가기 싫은데……."

"뭘 가기 싫어? 다 함께 가야지. 빨리 나와!"

세은이는 엄마하고 예은이와 함께 광명역으로 가 고속열차에 올라탔다. 생전 처음 타보는 KTX였다. 엄마가 1주일 전에 미리 예약해놓은 가족석을 찾아 앉았다. 가운데 탁자가 있고 네 명이 서로 마주보고 앉는 구조였다. 그런데 세 명이 앉으니 넉넉하다 못해 허전했다. 기차는 곧 출발했다. 가기 싫었었는데 막상 기차가 출발하자 기분이 차츰차츰 나아졌다. 집을 떠나서 멀리로 간다는 사실에 마음이 설렜다.

"이 빈자리 하나에 아빠가 앉았으면 오늘 가족여행이 훨씬 좋을 텐데!"

기차가 십 분쯤 달렸을 때 세은이는 빈자리를 손바닥으로 쓸어내면서 몹시 아쉬워했다.

"그래! 그랬으면 얼마나 좋겠니?"

"엄마, 그럼 아빠가 사우디에서 오는 대로 우리 또 가족여행 가자! 그때는 동해바다로."

예은이의 말에 엄마가 고개를 가볍게 끄덕거렸다. 그러더니 창밖 먼 하늘로 시선을 옮겼다. 엄마는 그 자세로 한동안 아무 말도 없었다. 사우디에 있는 아빠를 생각하는 모양이었다.

몇 번을 망설이던 세은이는 엄마에게 가만히 물었다.

"엄마, 있잖아? 만약에……."

"응! 만약에 뭐? 어서 말해봐!"

막상 물어보려니 입이 잘 떨어지지 않았다. 혹시 자신의 추측이 맞을까 봐 불안했다. 그러면서도 엄마의 생각을 꼭 알고 싶었다.

"저, 아빠가 돈을 많이 못 벌어서 돌아오면, 아빠랑 이, 이혼할 거야?"

어렵게 물었는데 엄마는 즉시 대답하지 않았다. 입을 다물고 탁자 위에 올린 손만 물끄러미 내려다보았다. 세은이는 엄마 아빠가 이혼해서 가족이 뿔뿔이 헤어졌다는 같은 반 친구를 떠올리며 초조하게 엄마의 대답을 기다렸다. 그러자니 가슴이 자꾸 쿵쾅거리고 입속의 침이 바짝바짝 말랐다.

"엄마! 아빠랑 이혼하려고 그래? 왜? 아빠가 뭐 잘못한 거 있어?"

예은이가 큰 소리로 묻고 나서야 엄마가 입을 열었다.

"아니야. 아빠랑 이혼 안 해! 세은이가 뭘 잘못 듣고 오해를 한 모양인데, 여태 엄마 아빠 이혼 얘기 꺼낸 적 한 번도 없어."

듣던 중 반가운 소리였다. 그러나 그동안의 상황을 보면 믿을 수가 없었다.

"정말이지, 엄마?"

엄마의 대답을 다시 한 번 듣고 싶어 세은이는 재차 물었다.

"응! 정말이야. 살다 보면 서로 갈등을 겪기도 하고 위기가 닥치기도 하지만, 그렇다고 이혼은 안 해. 세상에서 가장 소중한 내 가족 내 가정인데, 힘들어도 끝까지 지켜야지!"

"그럼, 약속해줘!"

"약속? 좋아! 자!"

세은이는 엄마와 새끼손가락을 걸고 엄지도장을 찍었다. 그제야 조금이나마 안심이 되었다. 이 년 후에 아빠가 돌아오면 아빠하고도 손가락 약속을 하고 엄지도장을 찍을 생각이었다.

"근데, 엄마 손이 많이 거칠어졌어. 일하는 거 힘들지, 엄마?"

세은이는 처음으로 엄마를 위로하는 말을 건넸다.

"처음 몇 달은 너무 힘들었는데, 이젠 적응이 돼서 별로 힘들지 않아! 그리고 우리 가족을 위해서 하는 일인데, 뭐가 힘들어? 엄마 괜찮아!"

요즘도 밤에 코를 고는 걸 보면 엄마는 여전히 힘이 들 것이었다. 세은이는 엄마가 고마워 잡은 손을 더욱 꼭 움켜쥐었다. 참으로 오랜만에 잡아보는 엄마의 손이었다.

"엄마가 며칠 곰곰이 생각해봤는데, 그동안 엄마가 힘들고 피곤하다는 걸 핑계로 세은이 너한테 짜증을 많이 부렸던 것 같아. 네 입장을 이해 못 해주고 의견을 무시하고……. 미안해, 세은아! 앞으로는 안 그럴게."

그 말에 세은이는 가슴이 울컥해 엄마 얼굴을 똑바로 바라보았다. 엄마의 눈빛이 가을 햇살처럼 부드럽고 따스해 오랫동안 눈길을 거두지 않았다.

어느새 KTX는 익산역을 통과했다. 엄마가 판매원에게 먹을거리 몇 가지를 사서 탁자에 늘어놓았다. 그리고 셋이 나눠먹으면서 시상식에 참석했던 얘기를 꺼냈다.

"지난주 제약회사 시상식에 갔을 때, 언니 짱 멋졌어!"

"멋지긴 뭐가 멋져? 일등을 한 것도 아닌데."

"아냐. 언니 진짜 멋졌어! 엄마, 언니 짱 멋졌지?"

그날 받은 상금으로 판다곰 인형을 사줬더니, 예은이는 시도 때도 없이 '언니 짱!'이라는 소리를 해댔다. 입발림 말이었으나 싫지는 않았다.

"그럼! 우리 세은이 아주 멋졌지!"

칭찬을 들으니 세은이는 쑥스러웠다. 양쪽 뺨이 단풍이 든 듯 발그레해졌다.

"엄마, 그때 찍은 언니 사진 또 보자!"

"그럴까?"

엄마가 휴대폰을 꺼내 그날 찍은 사진을 한 장 한 장 펼쳤다. 제약회사 사장님에게 상장과 상금을 받는 사진, 예은이가 축하 꽃다발을 주는 사진, 제약회사 사보 편집기자와 인터뷰를 하는 사진 등이 차례로 나왔다.

"또 봐도 언니 정말 예쁘고 멋지다! 우리 언니 최고야! 짱이야, 짱!"

"엄마는 이날 너무너무 기뻤어! 참, 살다 보니 우리 선화공주님 덕분에 그런 큰 회사도 가보고, 이렇게 가족여행도 하고."

"선화공주? 엄마, 언니 별명이 선화공주야?"

예은이가 호두과자를 입에 물고 엄마를 바라봤다.

"그래! 언니 애칭이 선화공주였어. 옛날에 아빠가 붙여줬어."

"왜 하필 선화공주야?"

"아빠 고향인 경주 친가에서 태어났다고 그렇게 붙인 거래. 선화공주가 신라 진평왕의 딸로 당시 신라에서 제일 예뻤다잖아? 나중에 백제 무왕이랑 결혼해서 왕비가 되고."

세은이는 아빠가 붙여준 선화공주라는 애칭이 좋았다. 아빠가 그렇게 불러줄 때면 정말 공주가 된 기분이었다. 그런데 삼 년 전부터 아빠는 그렇게 불러주지 않았다. 집에도 어쩌다 들어왔고, 들어와서도 별 말 없이 어두운 표정을 지었었다. 아마 그때부터 아빠의 사업이 잘 안되었던 것 같았다.

"나는? 나는 애칭 없어, 엄마?"

"왜 없어? 너도 있지. 너는 아빠가 백설공주라고 붙였어!"

"백설공주? 왜?"

예은이가 눈동자를 크게 키우며 물었다.

"피부가 백설처럼 희다고 그렇게 붙였어. 그리고 세상에서 제일 귀엽고 예쁘다고. 너 초등학교 입학하기 전까지만 해도 아빠가 늘 그렇게 불렀는데, 생각 안 나나 보구나?"

"엄마, 예은이는 지나간 건 뭐든 쉽게 잊어 먹어. 신경을 잘 안 써!"

"아냐. 기억이 조금 나는 것도 같아."

백설공주라는 애칭이 만족한지 예은이는 싱글벙글이었다. 입꼬리가 길게 늘어나 양쪽 귀에 걸릴 판이었다.

"엄마도 애칭이 있었는데, 너희 알아?"

"엄마도? 엄마는 뭐야?"

처음 듣는 말이었다. 엄마의 애칭이라니. 몹시 궁금했다.

"평강공주!"

"평강공주? 왜?"

"엄마 할아버지, 그러니까 너희 외증조 할아버지가 북한에서 내려온 피난민이셨어. 그런데 그 증조 할아버지가 평양에서는 꽤 큰 부자로 살았었대. 신혼시절에 그 얘길 해줬더니 네 아빠가 나를 평강공주라고 불렀어!"

"평강공주라면 바보 온달한테 시집 간 그 울보공주잖아, 엄마?"

세은이는 어렸을 적에 동화책에서 본 평강공주를 떠올렸다.

"그래! 공주님 같은 부유한 집안 딸이 자기처럼 가난한 집 바보에게 시집을 와줘 고맙다고, 아빠가 붙인 거야. 엄마가 또 어렸을 때 잘 울기도 했거든!"

"그러면 우리 셋 다 공주네, 엄마?"

"그러고 보니 그러네. 공주님들의 여행이네!"

셋이서 손을 잡고 까르르 웃었다. 세은이는 '악마의 손'에서

'인어공주'로 별명을 바꿔 부르기로 한 사라의 얼굴을 잠시 떠올렸다.

피곤이 쌓인 엄마가 잠이 든 후 예은이도 자꾸 하품을 했다. 세은이는 시선을 창밖으로 옮겼다. 넓게 펼쳐진 가을 들판이 끝도 없이 이어지고, 색색의 코스모스 꽃들이 무리를 지어 손을 흔들었다. 저만치 동산에 빨갛게 물든 단풍나무들은 비단에 수를 놓은 꽃처럼 예뻤다. 파란 하늘에 하얀 구름이 박힌 모습은 물감으로 그린 수채화 같았다. 세상 모든 게 아름답게 보였다. 바퀴벌레 덕분이야! 바퀴벌레가 없었으면 끝까지 콩가루 집안을 면치 못했을 텐데. 바퀴벌레도 존재 가치가 있었던 거야. 세은이는 혼자 속으로 말하며 살며시 미소를 지었다.

남원을 지나 목적지인 순천역에 도착했다. 역 밖으로 나가서 택시를 타기로 했다. 그러나 택시 정류장에는 사람들이 길게 줄지어 있었다. 사십 미터가 넘어 보였다.

"안 되겠다. 시내버스를 타는 게 빠르겠다."

시내버스를 타고 약 삼십 분쯤 갔을까. 엄마가 황급히 내리기에 따라 내렸다.

"벌써 다 온 거야? 여긴 바다가 아니잖아? 순천만 구경 간다면서?"

"먼저 꼭 들를 데가 있어. 거기부터 들렀다가 바다에는 이따 저녁 무렵에 갈 거야."

엄마를 따라 이백 미터쯤 걸어가자 커다란 건물이 나타났다. 건물을 보자마자 세은이는 놀라서 엄마 팔을 붙잡았다.

"엄마, 이런 델 왜 온 거야?"

"꼭 만나볼 사람이 있어!"

"꼭 만나볼 사람? 누구?"

세은이와 예은이는 엄마 얼굴을 뚫어져라 쳐다봤다. 그러자 엄마가 손을 잡아주며 말했다.

"세은아, 예은아, 너희 놀라지 마! 사실, 아빠 저 안에 있어."

"뭐?"

너무 놀라서 세은이는 가슴이 철렁하더니 눈앞이 어질어질했다. 아빠가 교도소 안에 있다니? 마른하늘에 날벼락 같은 소리였다.

"저, 정말이야?"

"응, 정말이야."

"사우디에 돈 벌러 갔다면서, 아빠가 왜, 교도소에 있는 거야?"

혀가 굳어서 말이 잘 안 나왔다.

"먼저 면회신청을 해놓고서 설명해줄게. 너희는 저 벤치에 앉아서 기다리고 있어!"

세은이는 예은이와 은행나무 밑으로 가서 벤치에 나란히 앉았다. 하지만 서로 대화는 없었다. 도대체 아빠가 무슨 죄를 지어서 교도소에 있는 건지, 이해를 할 수 없었다. 가슴이 답답하고 기분이 우울했다. 화도 좀 났다. 감옥에 갇혀 있는 것보다 차라리 사우디에 있는 게 나은데! 아빠 생각을 하며 바람에 떨어진 노란 은행잎을 바라보았다. 마치 꽃밭에 내려앉은 노랑나비들 같았다. 예쁜 것들만 골라 한 개 한 개 주워들었다. 큰 것, 좀 작은 것, 좀 더 작은 것, 조금 더 작은 것. 손바닥 위에 놓인 네 장의 은행잎. 노란 색깔이 아주 고왔다.

엄마가 은행나무 밑으로 천천히 걸어와 옆에 앉았다. 표정이 딱딱하게 굳고 눈동자가 약하게 흔들리고 있었다.

"너희가 아직 어려서 큰 충격을 받을까 봐, 그동안 숨겼던 거야. 아빠가 절대 말하지 말라고 부탁을 하기도 했고."

세은이는 입을 꾹 다문 채 묵묵히 있었다. 정말 충격이었다. 꿈에서조차 생각하지 못했던 일이 눈앞에 벌어진 것이었다. 나를 속이다니? 엄마 아빠 모두한테 배반을 당했다는 느낌에 울분이 끓어올랐다.

엄마의 설명이 이어졌다.

"그런데, 아무래도 사실대로 말해주는 게 낫겠다는 판단이 섰어. 한두 달도 아니고 이 년 동안이나 너희를 속여야 할 텐데. 내 마음이 많이 괴로웠어!"

엄마 목소리가 가늘게 떨렸다.

"비밀로 하라고 그랬지만, 아빠도 너희를 무척 보고 싶어 하실 거야. 그래서 이리로 여행을 오게 되었어."

"아빠가 대체 무슨 죄를 진 건데?"

세은이는 자신도 모르게 목소리를 크게 높였다. 그러면서도 혹시 아빠가 흉악한 범죄를 저지른 건 아닌지 심장이 떨렸다.

"사업을 하다 보면 본의 아니게 잘못을 저지르기도 해. 우리나라 경제사정이 너무 나빴잖아? 암튼 엄마가 외국으로 도피해 있다가 이, 삼 년 후에 들어오라고 했는데, 아빠가 싫다고 그랬어! 죗값을 달게 치르고 떳떳하게 너희 얼굴을 보겠다고."

"……!"

"아빠는 지금 자기 책임을 다하는 중이야. 회사 대표였으니까 모든 게 자기 잘못이고, 자기가 모든 책임을 지겠다며, 항소도 안 하고 1심 판결만 받고서 들어간 거야. 아빠는, 큰 죄를 짓고도 자기 잘못이 아니라고 우기거나 도망을 가서 숨어버리는 그런 뻔뻔한 어른들이랑은 달라."

재작년 5학년 1학기 때, '못난 어른, 추한 어른을 본받지 말자'라는 주제로 발표회를 했던 일이 기억났다. 아무 곳에서나 상소리를 하거나 교통질서를 안 지키는 어른부터 시작해 수백 명 직원들의 급료는 안 주고 해외로 호화여행을 다니는 중견회사 사장, 거액의 뇌물을 받아먹고 검찰에 불려나가는 유명 정치인까지 별별 어른들이 다 나왔었다.

"아빠의 정직성과 책임감을 너희는 알아줘야 해!"

그렇다고 해도 이 엄청난 사실을 어떻게 받아들여야 할지 세은이는 대책이 서지 않았다. 자꾸 화가 났다. 참으려고 애를 써봤지만 잘 되지 않았다. 심호흡을 거듭해봐도 소용없었다.

"우리 세은이, 이해하지?"

"내가 어린앤 줄 알아? 나, 이제 중학생이야. 그런 거 다 이해해!"

하지만 솔직히 이해가 되지 않았다. 아빠가 죄를 짓고 교도소에 갇혀 있다니? 불에 덴 듯 가슴 한 쪽이 쓰리고 아팠다. 차라리 악몽을 꾸는 거였으면! 현실이 아니고 꿈이기를 바랐다.

"그리고 세은이 네가 탄 상금에서 오십 만 원 영치금으로 넣어줬어. 교도소 안에서 아빠가 필요할 때 조금씩 찾아 쓰라고."

면회 시간은 딱 십 분이었다. 면회실로 들어가자 유리창 너머에 앉아 있던 아빠가 놀라서 벌떡 일어섰다. 그러더니 금세 고개를 떨궜다.

"여보, 우리 두 공주님이랑 같이 왔어요."

다시 의자에 앉은 아빠는 괴로운 듯 얼굴을 흉하게 찡그렸다. 세은이도 괴로웠다. 그리고 슬펐다. 늘 당당하고 자신감 넘쳤던 아빠가 잔뜩 움츠린 자세로 힐금힐금 눈치를 보는 게 거부감이 들었다. 더욱이 가슴에 수인번호가 큼직하게 찍힌 죄수복을 입고.

"오려면 당신 혼자 오지, 왜 애들을……!"

아빠가 기어 들어가는 목소리로 더듬더듬 말했다. 하지만 뒷말을 다 잇지 못하고 말꼬리를 잘랐다.

"아빠!"

예은이가 아빠를 불렀다. 아빠가 억지웃음을 지었다. 그것도 아주 잠깐. 그러나 세은이는 아빠라고 부르지도 못하고 아빠 얼굴을 슬쩍 한번 쳐다보았다. 그런 다음 이내 고개를 돌려버렸다. 눈물이 나오려는 걸 억지로 참느라 입술을 깨물었다. 사실을 인정하고 받아들이기까지는 시간이 꽤 오래 걸릴 것 같았다.

"미, 미안하다!"

아빠는 그 한마디를 하고 입을 닫았다.

"여보, 십오 년 전 우리가 데이트하면서 걷던 길, 오늘 우리 두 공주님을 모시고 다시 걸어보려고 해요."

고개를 가볍게 한 번 끄덕거린 아빠는 천천히 몸을 일으켰다. 그러더니 들릴 듯 말 듯한 목소리로 엄마에게 말했다.

"앞으로는 애들은 절대 데리고 오지 마! 이런 모습 보이기 싫어!"

그 말을 마치자마자 아빠는 뒤돌아서 걸어갔다. 축 늘어진 어깨에 힘 빠진 걸음걸이였다. 그런 아빠의 뒷모습을 보며 세은이는 만화영화 노래 가사의 한 구절을 속으로 읊조렸다. 비바람 몰아쳐도 이겨내고 일곱 번 넘어져도 일어나라.

낙안읍성 민속마을 구경을 마친 후 순천만으로 갔다. 갈대군락지 속으로 난 구불구불한 길을 한참이나 걸었다. 사방천지가 온통 갈대였다. 마치 갈대밀림을 탐험하는 기분이었다. 다리가 아플 무렵 전망대에 올라 휴게실 앞 원형탁자에 앉았다.

"덥지? 여기 앉아 쉬면서 노을이 피기를 기다리자! 엄마가 매점에서 음료수 사올게."

셋이서 음료수 한 컵씩 들고 남해바다를 바라보았다. 하늘에 해가 아직 두 뼘쯤 남아 있어서 노을이 피어나지는 않았다.

"아까 아빠가 면회 오려면 너희들은 두고 엄마 혼자만 오라고 했던 말, 마음에 두지 마! 아빠가 미안하니까 괜히 한 말이야. 속으로는 너희를 무척 보고 싶어 해! 아빠한테 딸들은 모두 영원한 공주님이거든."

"나도 알아, 엄마! 그럼 우리 한 달에 한 번씩 아빠 면회 오자!"

예은이가 제안하자 엄마가 즉시 수정을 했다.

"엄마가 바빠서 한 달에 한 번은 좀 힘들 것 같고, 두 달에 한 번 오자!"

"좋아! 그럼 두 달에 한 번! 언니도 찬성이지?"

"뭐, 그, 그러든가 말든가."

세은이는 관심이 없는 척 건성으로 대답했다. 그러고서 음료수를 몇 모금 마셨을 때였다.

"우와-! 엄마, 저거 봐!"

예은이가 바다를 가리키며 소리를 질렀다.

"오! 그래. 이제 노을 꽃이 피기 시작한다."

푸른 하늘 한 편에 노을이 연분홍색으로 피어나더니, 점차 색이 진해지며 진분홍색으로 바뀌었다. 그리고 또 금세 꽃분홍을 거쳐 붉게 변해버렸다.

"잘 봐! 색이 또 변해!"

엄마의 말이 떨어지자마자 순식간에 하늘과 바다와 땅이 온통 황금빛으로 물었다. 사람마저도 샛노란 황금빛이었다.

"엄마가 너희한테 보여주고 싶었던 게 바로 저거야. 어때? 정말 멋지지 않니?"

"짱 멋져, 엄마! 눈이 부셔!"

예은이가 엄지손가락을 치켜 올렸다. 하지만 세은이는 묵묵히 황금노을을 감상했다. 그처럼 아름다운 하늘과 바다를 보기는 생전 처음이었다. 자연이 선사하는 색의 마술이었다.

세은이는 넋을 잃은 채 노을을 지켜보았다. 도저히 눈길을 돌릴 수가 없었다. 지난 8월 하순, 성진이와 버스 정류장에 나란히 앉아서 바라보았던 저녁노을과는 또 다른 색이었다. 강원도 화천으로 간 성진이는 잘 지내고 있는지, 보고 싶었다. 저 노을이 잠시는 아름답게 보이지만 곧 까만 어둠이 덮치겠지! 그런 부정적인 생각이 들자 세은이의 얼굴이 어두워졌다. 하지만 노을을 계속 바라보고 있으려니 문득 머릿속에서 샛별 같은 빛이 하나 반짝였다. 저 저녁노을은 하루가 끝나고 어둠이 다가옴을 알리는 증표야. 그러나 밝고 새로운 내일을 기약하는 상징이기도 해! 그렇게 생각하니 입술에 예쁜 웃음꽃이 피어났다.

"옛날에 아빠하고 저 바다 노을을 보며 약속했었어. 결혼을 해서 예쁜 아이들 둘을 낳아 오래오래 행복하게 살자고. 세은아, 예은아, 너희 그대로 있어봐! 엄마가 사진 찍어줄게.”

“아이! 엄마도 같이 찍어야지.”

“그럴까? 자, 그럼 붙어 앉아서 얼굴을 모아봐!”

얼굴을 모으자, 엄마는 황금노을과 바다를 배경으로 휴대폰 사진을 세 번이나 찍었다.

“노을이 저렇게 예쁘면 내일은 아주 쾌청한 날이 된다는데. 우리 가족의 내일도 분명 쾌청한 날이 될 거야. 애들아, 우리 건배 한 번 하자! 우리 세 공주들의 단합을 위하여.”
엄마가 음료수 컵을 집어 높이 들었다.

“좋아, 엄마!”

예은이가 엄마를 따라 음료수 컵을 치켜들었다. 세은이도 천천히 컵을 들어올렸다.

“엄마가 먼저 건배사를 하면 너희 둘이 크게 따라해! 자, 평강, 선화, 백설!”

“평강, 선화, 백설!”
감옥에 갇혀 있는 아빠가 자꾸 떠올라 사실 아무 말도 하고 싶지 않았지만, 엄마와 예은이가 눈빛을 주자 세은이도 어쩔 수 없이 입을 조금 열어 낮게 외쳤다.

“평강, 선화, 백설!”

“좋았어! 나중에 아빠 출소하는 날, 우리 이 자리에 또 오자. 그땐 넷이서 사랑의 건배를 하자!”

“좋아! 언니도 좋지?”

세은이는 대답 않고 그저 묵묵히 있었다.

"그리고 엄마도 내년 가을에는 초원아파트 빈 상가를 하나 얻어서 가게를 차릴 거야. 그래서 지금 일하면서 열심히 배우고 있는 중이야."

"가게? 무슨 가게?"

"조그마한 분식점. 떡볶이도 팔고, 김밥도 팔고, 쫄면도 팔고……."

"와! 그럼 라면도 팔아, 엄마. 언니 라면 짱 잘 끓여! 진짜 맛있어!"

예은이가 대놓고 칭찬을 하니 쑥스러웠다. 그러나 세은이는 못 들은 척 딴청을 부렸다.

"그래? 그럼 언니가 라면 담당하면 되겠다. 예은이 너는 설거지 담당하고."

"좋아! 내가 설거지하지 뭐! 아, 가게 이름은 '삼공주분식' 어때, 엄마?"

"삼공주분식? 오! 그거 좋다, 좋아!"

엄마와 예은이는 가게 이름이 마음에 든다며 하이파이브까지 하면서 난리를 피웠다.

저녁노을의 색 변화를 한동안 바라보던 세은이는 살며시 고개를 돌렸다. 그리고 엄마의 눈동자에 초점을 맞췄다. 엄마의 촉촉한 눈동자가 따스한 빛을 뿜어내고 있었다. 아빠와 이혼하지 않고 끝까지 가정을 지키겠다는 엄마가 고마웠다. 고맙다는 말을 해주고 싶었다. 그러나 입술이 떨어지지 않았다. 세은이는 입을 여는 대신 주머니에서 은행잎 네 장을 꺼내 탁자 위에 나란히 놓았다. 옛날에 제주도로 가족여행 갔을 때, 바닷가에서 엄마가 예쁜 조개껍데기 네 개를 주워 모래 위에 펼친 후, '예쁘고 사랑스런 우리 가족이야!' 라고 말했던 것처럼.

　그 당시가 생각났는지 엄마가 노란 은행잎을 바라보며 고개를 끄덕거렸다. 세은이는 가만히 두 손을 들어 손가락을 몇 차례 움직여 보였다. 왼손을 펴서 손바닥이 아래로 향하게 한 다음, 오른손 손바닥을 펴서 손날로 왼손 손등을 가볍게 두 번 두드렸다. 이어서 왼손 주먹을 쥔 채 엄지를 세우고 오른손 손바닥을 펴서 엄지 위에서 오른쪽으로 두 번 돌렸다. 인어공주 사라한테 배운 수화였다. 엄마는 무슨 의미인지 몰라 부드럽게 웃기만 했다. '엄마, 고마워요! 그리고 사랑해요!' 라는 의미였다.

공주 패밀리

창작 노트

●   부모에게 아들과 딸은 누구나 왕자요, 공주다. 애지 중지 기른 소중하고도 귀한 존재인 것이다. 이번에 쓴 『공주 패밀리』 는 바로 딸들, 즉 공주들에 관한 이야기이다. 부족함이 없이 행복하 게 살던 어느 가족에게 느닷없이 위기가 닥친다. 그 위기 속에서 세 모녀가 티격태격 아웅다웅 살아가는 모습을 담고 있다.

가장인 아버지의 사업 실패로 인해 한 가족의 행복과 안정이 크게 흔들렸을 경우, 과연 우리 각자는 어떻게 반응을 할까? 엄마와 두 딸 의 행동 양태를 통해 자연스럽게 보여주고자 취재도 하고 자료도 찾 아서 나름 공을 들여 썼다.

똑같은 세기의 비바람이라도 그 체감의 강도가 나무마다 다 다르 다. 사람도 마찬가지다. 생활 환경의 급변에서 오는 충격의 민감도가 사람마다 큰 차이를 보인다. 따라서 대응 방법도 천차만별인 것이다.

한 가정에 그런 위기가 닥쳐왔을 때, 가장 좋은 대응 방법은 온 가 족이 똘똘 뭉쳐서 위기를 극복하고 원상태로 회복시켜놓는 것이다. 하지만 실상은 그렇지가 않다. 뭉치기는커녕 분열과 갈등과 불화가 점차 심화되다가 파멸을 맞는 경우가 상당히 많다.

『공주 패밀리』에서는 주인공인 세은이가 가장 큰 충격을 받고 가 장 민감하게 반응을 한다. 사춘기이기 때문이다. 감수성이 예민한 사 춘기 때는 외부 자극을 지나치게 확대 해석하는 경향이 농후하다. 더 욱이 부정적인 상상과 결부시키는 위험마저 있다.

가정 환경은 물론 학교 환경마저도 급변한 세은이는 매사에 신경 질을 부리며 주위 사람들을 다 싫어한다. 엄마도 동생도 아빠도 친구도 심지어 자기 자신도. 그렇게 하루하루를 짜증 속에서 살아가던 세은이는 '바퀴벌레' 사건을 계기로 엄마, 동생과 화해의 물꼬를 트게 된다. 그리고 나아가 그토록 싫어했던 학교 친구 사라하고도 진정한 우정이 형성되기 시작한다. 나중에 사라의 진심과 진면목을 알게 된 세은이는 사라가 '악마의 손'이 아니라 '천사의 손'이라 여기고 '인어공주'로 인정해준다.

결국 『공주 패밀리』를 통해서 내가 10대 중반 사춘기 청소년들에게 전하고자 하는 메시지는 두 가지라 할 수 있다. 첫째, 가정에서의 가족은 핏줄로 맺어진 혈연관계이기에 싫든 좋든 공동 운명체라는 것이다. 기쁜 일도 슬픈 일도 함께하며 함께 역경을 극복해 나가는 게 진정한 가족이다. 둘째, 학교에서의 교우관계는 친밀도에 따른 선택적 관계이기는 해도 결코 가볍게 여겨서는 안 된다는 것이다. 행복과 즐거움은 물론 아픔과 괴로움도 기꺼이 나누는 게 진정한 친구이다.

끝으로 우리 사춘기 청소년들의 건강 건투를 빌며 문득 떠오른 시구절 두 개를 들려주고자 한다. * 한 송이의 국화꽃을 피우기 위해 봄부터 소쩍새는 그렇게 울었나 보다(서정주). * 흔들리지 않고 피는 꽃이 어디 있으랴(도종환).
정성껏 책을 만들어주신 '특별한서재' 출판사에 감사를 표한다.

2019년 7월 양호문

공주 패밀리

ⓒ 양호문, 2019

초판 1쇄 발행일 | 2019년 7월 15일
초판 2쇄 발행일 | 2020년 5월 20일

지은이 | 양호문
펴낸이 | 사태희
편집인 | 배우리
디자인 | 박소희
마케팅 | 장민영
제작인 | 이승욱 이대성

펴낸곳 | (주)특별한서재
출판등록 | 제2018-000085호
주 소 | 서울시 마포구 양화로59, 화승리버스텔 703호
전 화 | 02-3273-7878
팩 스 | 0505-832-0042
e-mail | specialbooks@naver.com
ISBN | 979-11-88912-49-0 (43810)

• 본문에서 인용한 크레용팝의 〈빠빠빠〉, 박상철의 〈무조건〉, 멍키헤드의 〈개구리왕눈이〉
  'KOMCA 승인필' 했습니다.

이 노서의 국립중앙도서관 출판예정도서목록(CIP)은 서지정보유통지원시스템
홈페이지(http://seoji.nl.go.kr)와 국가자료종합목록시스템(http://www.nl.go.kr/kolisnet)에서
이용하실 수 있습니다. (CIP제어번호 : CIP2019025291)